정아에 대해 말하자면

정아에 대해 말하자면

김현진 연작소설

다산
책방

추천사

이 책을 읽으면 두 명의 인물을 만나게 될 텐데 하나는 이야기 안에 있고 다른 하나는 바깥에 있다. 정아, 라는 이름을 가진 이 인물은 한 명이지만 동시에 몇 명이다. 독자들은 정아의 한정된 삶을 면밀히 듣고 보겠지만 이상하게도 그 삶은 나와 너, 우리의 사정이라는 것을 알게 된다. 누구는 고개를 끄덕이고 누구는 고개를 돌릴 이 이야기는 재밌지만 씁쓸하고, 불편하지만 유익한 앎으로 가득하다. 이야기가 끝나면 또 하나의 인물을 만나게 되는데 그는 바로 이야기꾼인 화자다. 나는 이야기 안에서 인물을 만나는 것도 좋았지만 이야기를 전해주는 화자를 만나는 것이 더 좋았다. 숨기지 않고 전시하지도 않는, 미화하지 않고 움츠러들지도 않는, 온갖 경험을 정직하게 뚫고 여기에 이른 화자의 담담히 당당한 그 말이 좋았다.

정용준 소설가

4

이 이야기들이 남의 일이었으면 좋겠다. 작가와도 독자와도 상관없는 세계에서나 일어날 법한 일들을 그린 것이라면 좋겠다. 그러나 이 이야기의 주인공들은 독자를 놓아주지 않는다. 쉴새없는 입담으로 잽을 날리다, 기회를 보아 진정성을 담은 스트레이트 펀치를 묵직하게 꽂아 넣어 실토하게 만든다. **그래, 맞아, 이건 내 이야기이기도 해. 그래서 재미있고, 그래서 슬퍼.**

때로 신화가 되기도 하고 풍문이 되기도 하며 뉴스가 되기도 하는 여자들의 이야기는 저마다의 무늬로 찬연히 빛난다. 이 무늬들은 천연덕스러운 이야기꾼 김현진이 전신에 새긴 경험들을 본따 수놓은 것임을 떠올릴 때, 그가 능숙한 '아웃파이터'가 되기까지 견뎠을 긴 시간도 함께 뚜렷해진다. 페더급의 속도감과 헤비급의 파괴력을 바탕으로 날리는 회심의 한 방. 반격은 허락되지 않는다.

박서련 소설가

5

정아는 휴대폰의 메모리를 확인한다. '비읍' 항목을
눌러 번호를, 낯익은 그 번호들을 소리 내어 읽는다. 받
지마1, 받지마2, 받지마3. 1은 아빠, 2는 엄마, 3은 동생
이다. 어차피 이 휴대폰은 건호의 명의로 개통되어 있
기 때문에 가족들이 이 번호를 알아낼 가능성은 거의
없다. 어차피 태어나고 자라 고등학교까지 졸업한 유성
을 완전히 떠나게 되면서 가족은 물론 친구들과도 죄다
연락을 끊은 상태다. 처음 서울에 올라왔을 때는 이미
이곳에서 살고 있는 친구들과 좋아라 연락을 해서 만
나곤 했지만 이미 그 애들은 모두 대학생이 되었고, 재
수를 하다 결국 포기한 정아와 학점이 어떻고 서클 선

배가 어쩌고 하다가 어머, 강의 시간이 다 됐네 하며 사라지는 그녀들 사이에는 이미 넘지 못할 강물이 교교히 흐르고 있었다. 친구들과 함께 나눴던 이야기들은 데운 우유 위에 생긴 막처럼 얄팍하고도 녹기 쉬운 가벼운 것들이어서 어떤 내용이었는지도 다 잊었지만, 그 이야기들을 나누며 마셨던 음료들은 그녀들이 더 이상 그립지 않은 것만큼이나 격렬하게 그리웠다.

차갑고 부드러운 바닐라아이스크림을 올린 카페비엔나, 화이트초콜릿이 듬뿍 들어간 아이스화이트캐러멜모카, 입술에 거품이 눈꽃처럼 묻어나는 초콜릿프라푸치노, 생각만 해도 새콤하게 군침이 감도는 라즈베리화이트라테, 꿀처럼 다디단 캐러멜마키아토……. 하지만 건호에게 나 캐러멜마키아토가 마시고 싶어, 라고 말했다간 단번에 네가 말로만 듣던 된장녀냐? 소리를 들을 것이다. 세차장 옆의 공사장 근처 함바집에서 한 끼에 삼천오백 원 하는 식사를 하는 건호가 예쁘고 맛있는 새하얀 크림이 담뿍 얹힌 향기로운 커피 한 잔이 그의 두 끼 식사보다 비싼 이유를 이해할 리 없다. 휴대폰 요금이 삼만 원만 넘어도 눈살을 찌푸리며 한숨부터 쉬는 건호니까. 자판기 커피 한 잔도 백 원 더 싼 곳을 찾아 냈다며 그렇게 환하게 웃던 건호니까. 뛰어왔는데도 거의 다 녹아버린 삼백 원짜리 맥도널드 소프트아이스크 림을 나눠 먹자고 그녀 앞에 내밀며 그게 세상에 다시 없을 별식이라는 듯 권하는 건호니까.

그러니까, 조금은 건호 탓이기도 하다. 정아는 자기가 말도 안 되는 생각을 하고 있다는 걸 안다는 듯 입술을 꼭 깨물었다. 아무리 기다려도 임신테스터의 두 줄 선이 한 줄이 될 리 없었다. 혹시나, 혹시나 하고 5분만 더, 10분만 더…… 계속 기다려도 요술처럼 선이 사라져 한 줄로 되는 일은 없었다. 받지마1, 받지마2, 받지마3. 이제 돌아갈 수 없는 집인데도, 당분간은 참고 만나지 않는 것이 서로에게 좋은 가족인데도, 그녀를 용서 안 하겠다고 고래고래 마지막 통화를 한 식구들인데도 여자란 동물은 새끼를 배면 제 핏줄이 그리운 모양인가. 그때 삼겹살을 먹었더라면, 이런 일은 생기지 않았을지도 모른다. 15분을 더 기다렸지만 테스터는 여전히 선연한 두 줄을 가리키고 있었다. 이 아기는 정아가 아니라 지현의 아기고, 건호는 정아와 같이 살고 있기 때문에 건호에게 책임을 미루는 것은 정당하지 않은 일이다. 정아는 받지마1, 받지마2, 받지마3이 깜박거리는 휴대폰 액정을 뚫어져라 쳐다보다가 결국 폴더를 닫아버렸다. 어차피 부모라고 딱히 정아에게 도움을 주지는 못할 것이었다.

건호를 만나게 된 건 옛날에 한동네에 살던 오빠가 일한다는 주유소를 찾아갔을 때였다. 말은 재수 중이었지만 공부 머리는 아닌 것 같고, 구멍가게를 하며 고생하는 부모에게 그저 그런 같잖은 대학의 4년 등록금을 대게 하는 게 무리란 걸 알 정도의 염치는 있었다. 그러니 일찌감치 대처에서 돈을 벌겠다며 무턱대고 서울로 올라왔을 때는 일자리가 아주 많을 줄 알았다. 거기는 우리나라의 수도니까, 좋은 일자리가 아주 많을 거라고 생각했다. 집에서 철 지난 패션지나 드라마를 보면서 괜히 눈만 높아져 서빙이나 옷 가게 직원 같은 것 말고 무언가 전문직이 될 수 있고 대학에 다니는 친구들에게 꿀리지 않고 여봐란듯이 자랑할 수 있는 그럴싸한 직업, 더불어 그녀를 보고 첫눈에 사랑에 빠질 의대생이나 재벌 이세도 만날 수 있는 그런 일을 찾다 보니 몇 달째 놀게 되었고, 그런 직업이나 그런 남자 같은 건이 세상에 없다는 걸 알게 될 즈음 은미를 만났다.

　중학교 동창이지만 그렇게까지 친하지는 않았던 은미는 구인 정보지를 들고 어슬렁거리고 있던 정아의 손을 꼭 잡으며 호들갑스럽게 반가워했고, 그 분위기에 전염된 정아는 자기도 중학교 때 은미와 정말 친했던 것 같은 기분이 들었다. 은미는 정아의 손을 잡고 예쁜 카페로 향했고, 자기가 사겠다며 메뉴판을 펼쳤다. 그래서 정아가 고른 건 스트로베리프라페였다. 생딸기에 아이스크림, 우유와 얼음을 갈아 넣은 시원하고 달콤한 음료, 세상에 이런 것도 있나 싶을 정도로 다디단 맛. 은미는 이렇게 만난 것도 인연인데, 함께 여행을 가자고 했다. 이것저것 머리도 아프고 해서 여행을 생각하고 있던 참인데 같이 갈 사람이 마땅치 않아서 고심 중이었다며, 아무 걱정 말고 같이 가주기만 하면 되고, 비용이나 숙식 같은 건 생각하지 않고 그냥 몸만 오면 된다고 했다. 중학교 때도 공부를 잘했던 은미는 모두가 알아주는 좋은 대학에 다니고 있었다.

명문대생 친구와 여행이라니, 가슴이 두근거렸다. 다음 날 만나기로 하고 친척 집으로 돌아오며 생각해보니 은미는 아직 학기 중이었다. 아마 축제나 휴강 기간일 거라고 생각했다. 대학생들은 그런 기간을 잘 이용해서 자투리 여행을 떠나기도 하니까. 교외일까, 바다일까, 정아는 갈아입을 속옷과 셔츠를 챙기며 공기 좋은 산이나 호방하게 펼쳐진 바다를 상상했다.

하지만 그들은 어떤 교외로도, 어떤 바다로도 나가지 않았다. 명문대생인 친구는 휴학 중이었다. 그 애가 약속 장소라며 알려준 곳은 도심 지하철역 근처에 있는 8층짜리 어느 건물의 대형 세미나실이었다. 앞으로 5일간은 이곳에서 나갈 수 없다며, 눈 딱 감고 자기를 한번 믿어보라고 했다. 정말 돈을 벌 수 있는 거라고 했다. 정보화시대에는 정보를 먼저 아는 사람이 승자라며, 먼저 사업을 시작한 자기 선배 중에는 벌써 뉴그랜저를 뽑은 선배도 서너 명이나 된다고 했다. 어차피 불확실한 시대니 젊은 나이에 자기 사업을 시작하는 거야말로 대학 진학보다 훨씬 대단한 일이라고 했다. 부모님께도 돈으로 효도하는 것이 그저 최고라고 했다. 대학생이니까, 똑똑할 테니까, 괜찮을 것 같았다. 그게 다단계라고 불리는 것이며, 자기처럼 별달리 아는 것 없이 어눌한 사람들이 거기에 가장 잘 얻어걸리는 피해자라는 것을 알게 된 것은 이미, 꼭 벌 수 있다고 장담하며 카드와 급전을 끌어다 쓴 아빠와 엄마와 동생의 휴대폰 메모리 를 받지마1, 받지마2, 받지마3으로 바꾸어 저장하게 된 다음이었다.

그날 그 카페에서 오천오백 원이나 하는 그 스트로베 리프라페 값을 은미가 지불해버리는 바람에. 그것만 아 니었어도. 그냥, 길에서 둘이 천 원짜리 소프트아이스 크림이나 먹으면 좋았을 걸. 그랬으면 아무 상관없었을 텐데. 아니 백 원짜리 한국야쿠르트도 얼마든지 괜찮았 는데 내가 그때 미쳤지 왜, 왜, 은미에게 이런 이야기가 아니지 않느냐고 따졌지만 자기 하기 나름으로 수입을 얼마든지 올릴 수 있다고 하지 않았느냐, 그건 자기가 못했을 때는 반대로 손해도 볼 수 있다는 이야기란 걸 생선 대가리가 아닌 이상 누구나 알 수 있는 거 아니냐 는 대답만 들었다. 생선 대가리, 라는 말이 얼마나 단정 적이었는지 정아는 그저 생선처럼 뻐끔뻐끔 입만 벌리고 있을 뿐이었다. 그럴 바에야 이왕이면 날쌘 등지느러미와 꼬리지느러미라도 생겨나서 이 모든 상황에서 재빨리 도망칠 수 있다면 좋으련만, 오히려 뭍으로 튕겨 나온 물고기처럼 컥컥 숨이 막혀왔다.

아무리 실낱처럼 얕은 인맥이라도 다 동원해봐야 했기 때문에 그 주유소까지 찾아갔었다. 이젠 수익을 올리네 하는 문제는 안중에도 없었다. 당장 있을 곳도 없는 형편이었다. 일곱 살이나 어린 사촌 동생의 방에 얹혀 지내던 작은아버지 댁에 머물 수 없게 된 지는 오래였고, 고등학교 동창 집에서 지낸 지 일주일이 되자 동창의 남자 친구가 짜증을 냈다. 동창은 남자 친구를 거들지는 않았지만 정아를 편들지도, 남자 친구를 말리지도 않았다. 어쩔 수 없이 몇 안 되는 짐을 싸들고 대책 없이 그 주유소를 찾아갔는데 한동네 오빠는 관둔지 오래라고 했다. 어디로 갔는지도, 연락처도 모른다고 했다. 그 말을 해준 것이 건호였는데, 당장 남자애들처럼 지하철역 벤치에서 잘 수도 없고 여관에 머물 돈도 없는 정아는 그 자리에 털썩 주저앉아버리고 말았다. 정아가 울기 시작하자 건호는 어쩔 줄 몰라 하며 주유소에 딸린 세차장 한구석으로 그녀를 데려가서 자판기 코코아를 뽑아줬다.

코코아는 뜨겁고 맛있었다. 건호는 그 세차장에서 일하고 있었다. 따뜻하고 달콤한 그 코코아 맛에 자포자기가 더해져 무방비해진 정아는 지금까지 있었던 일을 생판 남에게 죄다 이야기해버렸다. 바보 같다고 웃거나 하지 않고 진지하게 듣고 있던 건호는 교대 시간이 2시간 후니까, 괜찮으면 여기서 기다리라고 했다. 달리 갈 곳도 할 일도 없는 정아는 가만히 앉아 기다렸다. 어서 오십쇼, 안녕히 가십쇼를 매번 같은 성의를 담아 외치는 건호가 셔츠를 걷어 올리고 차를 닦는 모습은 믿음직스러워 보였다. 일이 끝나고, 든 게 없어 달랑달랑 가벼운 정아의 가방을 들고 앞장서는 뒷모습도 그랬다. 건호는 정아를 낡은 자전거 뒷자리에 태우면서 엉덩이가 배겨 아프거나 하지 않도록 잠바를 벗어 둘둘 말아 깔아주었다.

20분 남짓 페달을 밟자 건호의 집에 도착했다. 가족은 아무도 없었다. 사실 가족과 함께 살기에는 너무 좁은 집이었다. 둘이 누우면 꼭 찰 듯한 방에 벽장 같은 부엌과 공중전화 부스 같은 화장실이 딸려 있었다. 몇 벌 안 되는 옷이 걸린 옷걸이와 옆면에 큰 흠집이 난 커다란 노트북 말고는 아무것도 없는 방이었다. 그 방에 정아를 앉혀놓은 건호는 부엌에서 달그락거리며 라면을 끓여 왔다. 편의점에서 파는 꼬마김치도 곁들였다. 너무 짜게 끓여진 그 라면을 정아가 허겁지겁 먹는 동안 건호는 자기 이야기를 했다. 이름이 건호라는 것, 정아보다 두 살 많다는 것, 가족들은 모두 흩어져 살며 그다지 서로 의지가 되지 않는다는 것, 공고를 졸업했으며 지금까지 그랬듯이 앞으로도 성실히 돈을 모아 자신의 오토바이 가게를 갖고 싶다는 것. 한때 방황했던 적도 있지만 제대 후에 남자라면 자신과 가족을 책임질 줄 알아야 한다고 깨달았다는 것. 그리고 정아가 라면을 다 먹고 나자, 건호는 정아와 잤다.

그리고 둘이 누우면 꼭 차는 방에서 정말로 둘이 지내게 되었다. 건호는 아는 누나를 통해서 대형 백화점 식품 매장의 계산원 자리를 구해주었고, 백화점에서는 정아에게 많지도 적지도 않은 돈을 주면서 한 달에 두 번 쉬게 해줬다. 건호는 한 달에 한 번 쉬었는데, 쉬는 날에는 아는 형이 하는 피시방에서 스타크래프트나 LOL이라는 귀에 영 붙지 않는 이름의 게임을 하거나 집에서 TV로 게임 채널을 보았다. 백화점 폐점 시간에서 30분쯤 지나면 퇴근할 수 있는 정아의 귀가 시간은 건호보다 3시간쯤 일렀다. 건호는 자전거를 몰고 집으로 돌아와서 밥이 되어 있지 않으면 싫은 표정을 지었다. 하지만 정아는 마주 싫은 표정을 지어줄 수가 없었다. 백화점에서 직원들에게 그냥 주거나 염가로 파는 유통기한이 다 된 식재료를 가져왔기 때문이었고, 건호는 정아가 빚을 갚도록 매달 정아의 월급 전액을 집으로 보내게 했고 매주 생활비를 정아에게 주었기 때문이었다. 건호는 이것도 습관을 들여야 한다며 정아에게 은행에서 얻어온 작년도 가계부를 주었고, 정아가 퇴근길에서 백화점 앞 좌판에서 오천 원짜리 귀걸이를 산 것을 거기에 적었을 때 화를 냈다. 하지만 정아는 마주 화를 낼 수 없었다.

건호는 삼사 년 후 오토바이 가게를 갖는 것에 대해 자주 이야기했고, 정아에게 혼인신고를 하자고 몇 번

이야기했다. 정아는 아직 빚이 많고 부모를 만날 면목이 없다는 이유로 번번이 거절했다. 그렇게 몇 달이 흘렀다. 둘은 크리스마스이브에 처음으로 외식을 했다. 1인분에 오천 원, 구운 생선을 무한 리필해주는 생선구이 집이었다. 구운 고등어는 정아의 손바닥 반만했다. 건호는 작은 어선을 습격한 것만큼의 생선 토막을 먹어치웠다. 그리고 일주일에 두 번 정도는 꼭 정아와 자고 싶어 했다. 그가 그러고 싶어 하면 정아는 언제나 두말 없이 팬티를 끌어내리도록 내버려뒀다. 하지만 거의 언제나 콘돔을 썼으니까, 분명히 건호의 아기는 아닐 것이다. 하지만 그걸 굳이 말할 필요는 없다. 저번은 물론 이번 달만 해도 콘돔을 쓰지 않고 그냥 한 적이 두세 번은 됐다. 날짜가 아니었기 때문에 건호가 파고드는 것을 거부하지 않았다. 하지만 건호가 아닌 다른 사람하고 잔 날, 그날은 분명히 배란기였다. 어쩌면 이 아이는, 캐러멜프라푸치노의 아이인지도 몰랐다. 만일 정말 그렇다면 아이를 낳을 때 양수 대신 캐러멜시럽이 쏟아지겠지.

웃지 않아야 할 때인데도 웃음이 나왔다. 그날 정말

로 먹고 싶었던 건 삼겹살인데, 왜 하필이면 캐러멜프라푸치노란 말인가. 정아가 먹고 싶었던 건 불판 위에서 고소하게 타들어가며 구워지는 삼겹살, 지글지글 황금색으로 익어가는 삼겹살 위에 쌈장을 바른 마늘 한 쪽을 얹고 싱싱한 깻잎에 싸서 입에 넣는 거였다. 그리고 매콤한 풋고추와 감자를 송송 썰어 넣은 된장찌개랑 밥을 같이. 사실 내가 짓지 않고 남이 차린 밥상을 받고 싶은 거였지만, 고소한 삼겹살을 먹을 수 있다면 정육점에서 사다가 본인이 직접 굽는 것도 상관없었다. 아니, 너무 굽고 싶었다.

월요일, 한 주 한 주 생활비를 주는 건호에게 넌지시 우리, 삼겹살 좀 사다 먹을까, 하고 떠보았다. 삼겹살? 갑자기 웬 삼겹살? 하고 건호가 눈을 동그랗게 뜨며 얼른 얼버무렸다. 건호도 일이 힘드니까 영양 보충이 필요한 것 같다고, 요즘 얼굴이 안되어 보인다고 말을 흐리자 건호는 하나도 안 힘들다고, 삼겹살은 요즘 너무 비싸다고 말했다. 정말 난 괜찮아, 하나도 안 힘들다며 이두박근까지 내세워 보이는 건호에게 더는 할 말이 없었지만 눈물이 날 것 같았다. 정말 괜찮아? 응 괜찮아. 정말…… 괜찮아? 괜찮대도. 자기의 고생에 정아가 눈물까지 글썽거린다고 생각한 건호는 괜찮다는 말을 몇 번이나 되풀이하며 정아의 뺨에 뽀뽀까지 쪽 해주고 기운차게 자전거 페달을 밟아 일터로 떠났다. 깡통깡통깡통. 정아는 문을 잠그고 중얼거렸다. 건호는 정아를 먹여 살리고, 가끔은 집에 보내는 돈에 자기 돈을 보태기도 하니까 그렇게 부르면 안 된다. 그러나 말은, 제멋대로인 물고기처럼 입에서 튀어나와버렸다. 깡통깡통깡통.

오토바이 가게를 차린 뒤 건호 말처럼 수입 오토바이를 싸게 사서 비싸게 판다 한들, 그렇게 해서 돈을 많이 번다 한들 건호는 캐러멜마키아토 같은 건 절대 먹지 않을 것이다. 그들이 사는 동네만 해도 한물간 줄 알았던 요구르트아이스크림 전문점이 서너 개나 생기고, 정아가 저걸 먹어보고 싶다고 몇 번을 말해도 가만히 있던 건호가 어느 날 아이스크림 이벤트 쿠폰을 가져왔다. 요구르트아이스크림 전문점 것은 아니었지만, 평소 그들이 갈 엄두도 못 내는 아이스크림 가게의 쿠폰이었다. 아는 형네 피시방에서 뽑아온 거라 눈치 때문에 두 장을 출력할 수 없어, 하나만 먹을 수 있었다.

건호와 손을 잡고 아이스크림 가게에 간 정아는 시간을 들여서, 여러 가지 맛 아이스크림 중에 라즈베리치즈케이크를 골랐다. 건호에게 먼저 먹으라고 아이스크림을 내밀었다. 건호는 얼마 안 되는 치즈 덩어리가 있는 부분을 와락 베어 먹었다. 아직 단단한 아이스크림에 완강한 이빨 자국이 났다. 건호는 한 번 더 베어 먹었고, 순식간에 핑크색의 동그란 아이스크림은 수두 자국처럼 이상한 모양이 되었다. 어쩐지, 먹고 싶지 않아져서 정아는 그냥 종이 껍질로 싼 콘을 쥐고 가만히 있었더니 금세 아이스크림이 녹아 손등을 타고 줄줄 흘러내렸다. 건호는 혀를 차며 야 뭐하는 거야, 먹기 싫어? 하더니 아이스크림을 받아 들고 와삭 와삭 와삭, 세 입만에 과자 부분까지 먹어 치웠다. 정아는 잠자코 핸드백에서 휴지를 꺼내 손을 닦았다. 아이스크림 때를 생각해보면 삼겹살 쿠폰 같은 건 나눠주는 곳도 없을 테니 정아는 그냥 깡통깡통깡통, 말고는 할 말이 없었다.

그래서 두 달 전의 그날, 정아는 일과가 끝난 뒤 유니폼과 앞치마를 챙겨 캐비닛에 집어넣고 정문 앞으로 나왔다. 이미 백화점의 셔터는 내려가 있었지만 사람들은 여전히 개점 시간처럼 북적거렸다. 고만고만한 가게들만 즐비한 이 거리에서 고래처럼 입을 벌린 거대한 백화점 입구는 더할 나위 없이 좋은 약속 장소였다. 오랜만에 만나는 듯한 여자들이 서로 손을 잡고 꺅꺅거리기도 하고, 조금 오래 남자를 기다리다 토라진 여자는 계속해서 아양을 떠는 남자 친구의 눈을 피해 토라진 척하다가 이내 비식비식 웃음을 흘리기도 한다. 여럿이서 서로 어깨를 두드리며 반갑게 인사하는 여남은 명의 무리들은 치킨에 맥주라도 한잔하자며 떠들썩하게 술집이 즐비한 거리로 새어 들어간다. 데리러 올 사람도 없고, 만나러 갈 사람도 없지만 어쩐지 다리가 집에 들어가고 싶어 하지 않는다. 하루 종일 서 있는 것도 이젠 이력이 붙을 만한데도 퇴근 후에는 여전히 발목부터 장딴지까지가 퉁퉁 부어 있었다. 가서 따뜻한 물에 발을 담그고 쉬어주지 않으면 더 부어서 내일 근무시간 내내 고생할 텐데도 정아와 정아의 다리는 고집스럽게 정문 앞에 버티고 서 있었다. 마치 기다릴 사람이 있는 것처럼, 기다려서 지켜야 할 약속이 있는 것처럼.

그 남자가 다가온 것은 그때였다. 적당히 몸에 붙는 스키니 슬랙스에 흰 셔츠를 입은, 어디에나 평범하게 있을 법한 그런 남자애였다. 그래도 깔끔한 인상이라고 정아는 생각했다. 나이는 정아보다 한두 살 많아 보였지만 스물넷을 넘을 것 같지는 않았다. 잘생기진 않았지만 얼굴에 싱글싱글 웃음을 그려놓은 듯한 인상의 그 남자는 아까부터 휴대폰 폴더를 열었다 닫았다 하며 통화나 문자를 하는 것 같다가 저쪽의 패스트푸드점까지 가서 저만치 넘겨다보고 하면서 분주하더니 좀 전부터는 정아를 흘깃흘깃 쳐다보고 있었다. 자꾸 쳐다봐서 정아는 쇼윈도에 오늘 옷차림을 슬쩍 살펴보기까지 했다. 노란 티셔츠에 데님스커트, 신발은 분홍색 젤리슈즈. 합성고무로 만들어진 이 샌들은 비가 와도 그냥 물에 쓱 씻으면 되고, 싸기 때문에 초등학생부터 동네 할머니까지 다 신는다. 집 근처 시장의 노점에서 삼천 원이면 살 수 있어서 그저께 건호가 으스대면서 사 온 것이다. 반짝이가 들어 있고 뒷굽이 높은 좀 더 예쁜 것은 사천 원인 것을 진작에 알고 있었지만 아무 말도 않고 그냥 웃어주었다. 그래도 신을 기분은 나지 않아서 팽개쳐두었다가 오늘 아침에 너 그거 안 신어? 하고 섭

섭하단 눈치를 주길래 억지로 꿰신고 온 것이다. 그 정도로 좋아하는 티도 내주지 않으면 다시는 아무것도 안 사 올지 모른다. 어디에나 있는 평범한 차림, 딱히 이상한 꼴은 아니라고 생각한 정아는 쇼윈도에서 눈을 돌렸다.

그런데 남자애가 물어온 것이다. 혹시 혜진이 아세요? 얼핏 잘 들리지 않아 네? 하고 되물었더니 남자애가 천천히 말했다. 혜진이 전화 받고 나오신 거 아니냐구요. 혜진이라. 초등학교 때 같은 반에 혜진이라는 애가 있긴 했지. 하지만 그 애는 오늘은 물론, 그 전에도 정아에게 전화 같은 건 한 적 없다. 그런데도 정아는 천천히 고개를 끄덕였다. 네, 맞아요. 남자애의 얼굴에 안심한 기색이 확 퍼졌다. 금세 말이 빨라져서는 난 또, 걱정했네. 혜진이도 연락이 안 되고, 문자 계속 보냈는데 번호가 틀렸나 봐요. 아니면, 휴대폰 안 가져왔어요? 휴대폰은 가방 앞주머니에 있었다. 정아는 살짝 자석 잠금장치가 잘 잠겼는지 확인했다. 네에, 안 가지고 왔어요. 남자애는 활발하게 떠들었다. 차암, 난 또. 아휴 다행이다. 어떻게, 차 한잔하실래요? 정아는 고개를 끄덕였다. 네, 차 마시러 가요.

　쾌 큰 커피 전문점이었다. 저녁 시간이 지나서 식사 후의 커피 한잔을 즐기는 듯한 사람들로 가게 안은 몹시 북적거렸다. 주문을 하려고 카운터 앞에 서 있는 사람들 머리 너머로 정아는 메뉴판을 읽어 내려갔다. 화이트초콜릿그린라테, 스위트키스프로지아노, 아이스캐러멜라테, 캐러멜모카프라푸치노, 스트로베리바닐라프라페, 아이스화이트캐러멜마키아토. 그리고 블루베리치즈케이크, 뉴욕치즈케이크, 프리미엄티라미수, 초콜릿모카케이크, 초코브라우니케이크, 거기에다 갓 구운 스콘까지. 앉아 계세요. 뭘로 하실래요? 남자애는 구석의 빈자리를 가리켰다. 캐러멜모카…… 프라푸치노요. 조금 망설이다가 프라푸치노, 하고 강하게 말했다.

　앉아 계세요, 하고 남자애는 웃으며 정아를 구석 자리로 살짝 밀었다. 하얀 소파는 푹신푹신했다. 정아는 살그머니 핸드백 안에 손을 집어넣어 휴대폰을 껐다. 아직 9시다. 그렇지만 곧 11시가 될 것이고, 11시에 세차장 일과를 마친 건호가 자전거를 타고 돌아오면 11시 반쯤 될 것이다. 벨을 눌렀다가 정아가 없으면 잠깐 슈퍼나 만화대여점에 갔다고 생각할 것이고, 1박 2일 동안 하나 빌리는 데 칠백 원이나 하는 신작 만화책이 아니라 삼백 원에 하나를 빌릴 수 있고 3박 4일이나 볼 수 있는 구작을 빌려 와야 한다고 잔소리할 준비를 내심 할 것이다. 하지만 만화 따위가 중요한 게 아니다. 오늘은 그보다 잔소리할 일이 더 많을 것이다.

냄비를 열어봐도 김치찌개 하나 없고, 프라이팬에 흔한 계란볶음밥 하나 안 해놨을 테니까. 그걸 해야 하는 정아는, 일터 뒤쪽의 대형 커피 전문점에 앉아 있으니까. 건호가 전화를 해도 정아는 안 받을 것이다. 정아는 전화를 끈 채, 하얗고 푹신한 소파에 앉아서 캐러멜모카프라푸치노를 마시고 있을 테니까. 정아는 빨대로 위에 담뿍 얹힌 생크림을 살짝 빨았다. 생크림 위에는 얇게 썬 아몬드가 뿌려져 있었다. 남자애는 아이스아메리카노를 고른 것 같았다. 시럽은 필요 없는 듯 옆으로 밀어놓았다. 단 걸 싫어하는 남자는 왠지 멋있어 보인다. 정아는 빨대를 조금 깊이 넣어 안쪽의 액체를 빨아들였다. 커피는 적당히 달고, 토핑된 캐러멜시럽 맛이 진하게 느껴진다. 건호가 백 원이 더 싼 자판기까지 부득부득 걸어가서 이게 최고로 맛있다며 설탕커피를 마실 때 정아는 항상 블랙을 골랐었다. 하지만 여기서는, 단 게 좋다.

남자애는 유리잔을 내려놓고 싱긋 웃었다. 맛있어요? 정아는 진지하게 고개를 끄덕였다. 네, 맛있어요. 이름이 어떻게 된다 그랬죠? 나 그때 전화 상태가 좀 안 좋아가지구, 확실히 못 들었어요. 정아는 그냥 빨대를 문다. 남자애는 진지하게 생각해내려는지 손가락으로 머리를 톡톡톡 두드린다. 지현 씨라 그랬던가, 지연 씨라 그랬던가? 정아는 빨대를 문 채로 아무렇게나 고개를 끄덕인다. 지현 씨? 지금은 지현이 된 정아는, 고개를 끄덕인다. 커피는, 몹시 진하다. 제 이름은 들었죠? 지현은 고개를 가로젓는다. 와, 혜진이 진짜 너무했다. 걔 진짜 그럴 때는 애가 너무 무심하다니까요. 걔 평소에도 그러죠? 지현은 빨대에서 입을 뗀다. 네, 진짜 좀 그래요. 남자애는 얼른 말끝을 잡아챈다. 아, 걔 고등학교 때부터 진짜 그랬어요. 무슨 여자애가. 이런 대화에 익숙한 것 같다. 지현은 별로 말을 하지 않아도 된다. 남자애는 목소리를 낮춘다. 거기다가, 혜진이가 뭐라 그랬는지 알아요? 쿡쿡 웃기까지 한다.

　지현 씨 별로 안 예쁘니까, 얼굴은 별로 기대하지 말
라구. 순 선머슴 같은 앤데 그래도 질투는 하나 봐요.
그래서 별로 기대 안 하고 나왔는데, 에이 거짓말이잖
아. 생각보다 훨씬 예뻐서 깜짝 놀랐어요. 지현은 살며
시 웃는다. 아 참 저는 윤구예요. 오윤구. 반가워요. 남
자애는 씨익 웃으면서 커피를 마신다. 시럽은 계속 넣
지 않는다. 지현은 그게 마음에 든다. 혜진이하고 같은
동아리라면서요. 동아리 재밌어요? 지현은 살래살래 고
개를 흔든다. 아뇨, 별로 열심히 안 해서……. 혜진이는
지현 씨가 되게 열심히 한다고 그러던데. 그렇지도 않
아요. 얼굴이 빨개지려고 해서 고개를 숙인다. 윤구는
그런 지현이 귀엽게 느껴지는지 계속 웃는다. 혜진이랑
동갑이면, 스물한 살이죠? 근데 좀 성숙해 보이네. 제가
한 살 많으니까…… 말 놔도 되죠? 네. 그럼, 나 이제부
터 말 논다? 네. 윤구 씨는 스물두 살이라구요? 응. 윤
구 씨는 무슨, 그냥 편하게 오빠라구 그래. 정아는 스물
두 살이니까 윤구와 동갑이지만, 지현은 스물한 살이니
까 윤구가 오빠다. 그래서 지현은 대답했다. 네, 오빠.

커피 전문점에서 일어나서 윤구가 데려간 바는 통나무로 카운터를 만든 웨스턴 스타일의 바였다. 남녀가 섞인 바텐더들은 주머니가 많이 달린 셔츠를 입고 알록달록한 배지를 수없이 달았다. 그들보다 조금 나이가 든 것 같고, 다른 디자인의 셔츠를 입은 남자가 윤구를 보더니 아는 척을 하며 손을 내민다. 웃으면서 윤구는 그와 악수한다. 잘 아는 바인 듯, 자리로 가는 걸음이 익숙하다. 카운터에 딸린 둥근 의자는 조금 키가 높은데 윤구는 지현이 앉도록 손을 잡아준다. 아까 악수한 남자가 메뉴판을 내밀며 짓궂게 묻는다. 누구야? 헤헤, 형 나 오늘 소개팅했어. 윤구는 혀까지 슬쩍 내밀고 웃어 보이더니 지현의 어깨에 가볍게 손을 걸친다. 지현아, 인사해. 여기 매니저 형인데 진짜 진짜 칵테일 잘 만들어. 매니저가 지현에게 가게 명함을 준다. 자주 놀러 오세요. 안 돼, 나랑만 올 거야. 윤구가 명함을 뺏으려는 시늉을 한다. 성함이 어떻게 되시죠? 난감해진 지현은 윤구를 올려다보며 그냥 웃기만 한다. 그게 수줍은 걸로 보였는지 윤구는 어깨에 더 다정하게 팔을 두른다. 지현이야 형, 지현이. 아, 지현 씨 잘 부탁해요. 지

현은 입술을 혀로 적시고 고개를 까닥한다. 예, 저도
잘…….

　윤구는 벌써 메뉴판을 넘기고 있다. 뭐 마실래? 형
진짜 맛있게 만들어. 지현은 고개를 옆으로 빼서 메뉴
판을 쳐다본다. 섹스온더비치, 민트프라페, 롱아일랜드
아이스티, 핑크레이디, 골드메달리스트, 갓파더, 블랙러
시안, 화이트러시안, 오르가슴, 맨해튼, 키위팡팡, 마티
니, 핑크레모네이드, B-52, 스트로베리다이키리, 피냐
콜라다, 미도리샤워. 셀 수 없이 많은 칵테일들이 세 겹
이나 되는 메뉴판에 적혀 있고 밑에는 깨알처럼 설명도
써 있다. 바나나와 딸기와 아이스크림을 갈아 넣었다는
골드메달리스트는, 아주 달콤할 것 같다. 형, 나는 항상
마시는 거. 지현인 뭘로 할래? 저어…… 골드메달리스
트…… 라고 했더니 윤구는 손까지 휘저으며 반대한다.
에이 안 돼 안 돼, 그건 술도 아니란 말이야. 술 한잔하
기로 하고 왔는데. 지현은 메뉴판을 윤구 쪽으로 민다.
그럼, 오빠가 골라주세요. 난 블랙러시안이니까, 지현인
화이트러시안 어때? 되게 맛있어. 어차피 선택권은 저
쪽으로 넘어가 있다. 이내 둘 앞에는 자그마한 위스키

온더록스 잔에 검고 흰 술들이 담겨서 나온다. 납작하고 빨간 빨대가 꽂혀 있다.

지현은 빨대를 빼 거기 묻어 있는 하얀 술을 맛본다. 고작해야 건호가 집 앞 슈퍼에서 아이들이나 사 먹는 기름종이처럼 얇은 백 원짜리 쥐포와 소주를 사 왔을 때 옆에서 맛본 게 술 경험의 전부인데, 살짝 혀끝만 대본 것뿐인데도 그 소주랑은 전혀 다르다. 건호가 가끔 김치찌개에 반주로 곁들인 소주를 넘기며 크, 달다, 라고 말했을 때 지현은 이게 어떻게 달다는 건지 언제나 이상했다. 하지만, 진짜로 달콤한 술도 있었다. 윤구는 자기 잔을 내밀었다. 이것도 마셔볼래? 지현은 사양하지 않고 잔에 살짝 입술을 댄다. 화이트러시안은 설탕을 탄 것처럼 달콤한 우유 맛이고, 블랙러시안은 톡 쏘는 콜라 맛이다. 윤구는 잔을 받아들고 지현이 입술을 댄 곳에 입을 대고 술을 쭈욱 들이켠다. 칵테일은 그렇게 마시는 게 아니라고 어디선가 들은 것 같기도 하지만, 지현은 자기도 화이트러시안을 윤구처럼 쭉 마셔버린다.

목젖이 꼴깍꼴깍 움직이고, 술이 스치고 지나간 곳은 차가우면서도 뜨거워진다. 귀가 살짝 멍해지는 것도 같다. 그래도 윤구가 형, 한 잔씩 더, 하고 쾌활하게 말하는 목소리만은 선명하게 들린다. 이번엔 다른 것을 마시고 싶은데. 그런 마음을 알아챘는지 윤구는 다른 걸로 할래? 하고 묻고 지현은 고개를 끄덕인다. 그런 지현이 귀여운지 픽 웃은 윤구는 뭐라고 매니저 남자에게 이야기하고, 이번에는 선홍색의 큰 잔에 담긴 술과 윤구 몫의 위스키 온더록스가 나온다. 큰 잔 테두리에는 하얀 설탕이 둥그렇게 묻어 있다. 이건 코즈모폴리턴이야. 미국 드라마 「섹스 앤 더 시티」 봤어? 그 드라마 주인공들이 맨날 마시잖아. 그 드라마 주인공들이 누구인지 지현은 모른다. 하지만 다홍빛의 그 술은 굉장히 맛있어 보인다. 어떤 드라마 주인공들이라도 마시고 싶어 할 만큼.

차갑고 매끄러운 잔에 혀를 살짝 대자 설탕이 혀를 누그러뜨리면서 밀고 들어오는 술의 독한 알코올기를 완화해준다. 지현은 그 술이 마음에 든다. 코즈모폴리턴. 매달 초에 도저히 제값을 주고 살 형편이 못 되는 몇 만 원짜리 외국 브랜드의 립스틱이나 립글로스 같이 자질구레한 화장품을 부록으로 주는 잡지 가판대를 유심히 보다가 이런 이름의 패션지를 본 것도 같다. 딴 세상 사람처럼 섹시한 여배우들이 엉덩이를 한껏 치켜세우고 가슴을 내민 채 자신만만한 포즈를 취하고 있는 잡지였다. 술기운에 힘을 얻어 지현도 다리를 꼬고 앉아 윤구를 물끄러미 쳐다본다. 다리에는 자신이 있다. 건호도 언제나 정아가 짧은 치마를 입고 세차장으로 자기를 마중 나오는 걸 좋아했다. 동료들이 엉큼한 눈으로 본다고 싫어하는 척하면서도, 실은 언제나 좋아했다. 그러니 지현의 다리도 틀림없이 예쁠 것이고 윤구도 그 다리를 건호처럼 마음에 들어 할 것이다. 예상대로, 윤구는 이쪽으로 몸을 기울이더니 말한다. 오늘 집에 안 들어가면 안 돼?

정아는 그럴 수 없다. 정아는 한 번도 건호와 함께 사는 그 자그마한 방을 비운 적이 없고, 전화를 끈 적도 없다. 하지만 이미 오늘 전화는 껐고, 냄비도 프라이팬도 냉장고도 텅 비어 있을 것이다. 건호가 그 텅 빈 방에 혼자 앉아 있더라도, 그건 그의 문제다. 지현은 발

그레해진 볼을 하고 대답한다. 네, 괜찮아요. 우리 이만 일어날까? 형, 다음에 봐. 지현이 높은 의자에서 내려오도록 윤구는 팔을 잡아주고, 윤구의 단단한 팔을 붙잡은 지현은 그에게 기대 발걸음을 옮긴다. 뒤로 넘겨다보니 그들이 비운 잔이 꽤 되는 것 같다. 그 빈 잔들 때문에, 지현의 다리는 구름 위를 걷는 듯 어른어른하다.

꿈의 궁전, 굿타임, 에버그린 따위의 모텔들이 즐비한 골목 중앙의 그레이스 모텔에서 지현은 건호가 정아에게 하듯 윤구가 팬티를 끌어내리는 것을 내버려두었다. 둔중한 술기운에 윤구의 것이 몸 안으로 들어오는 완강한 힘도 누그러져 그다지 이물감이 느껴지지 않았다. 출근 때문에 일찍 눈을 떠야 하는, 이젠 지현이 아닌 정아는 윤구가 자고 있는 동안 살그머니 옷을 챙겨 물소리가 날까 봐 세수도 하지 않고 백화점으로 출근했다. 휴대폰을 켜자 건호가 남긴 메시지가 열 개나 와 있었다. 얼른 전화를 걸어 간밤에 동료가 상을 당했노라고, 일해줄 사람이 없어서 급하게 자기가 갔는데 밤을 새느라 너무 경황이 없어서 전화를 꺼놓은지도 몰랐노라고 변명하자 건호는 비로소 안심하는 기색이었다.

그런 거면 진작에 이야기해주지, 난 네가 같이 일하는 사람들하고 별로 안 친한 것 같아서 걱정했는데. 건호가 전화를 끊자 함께 일하는 여자가 정아 씨 어제랑 옷이 똑같네, 어머 야해라, 하며 놀렸고 정아는 그냥 웃기만 했다. 그리고 그걸로 된 거였고 가끔 다 녹아빠진 삼백 원짜리 소프트아이스크림을 먹거나 건호가 다운받은 저화질 영화를 보는 일상이었는데 오늘, 선연한 두 줄이 그날을 다시 기억하게 한 것이다. 혹시나 제품이 잘못되기라도 했을까 봐 하나를 더 사 오는 바람에 팔천 원이나 썼다. 정아는 한숨을 쉬고 테스터를 쓰레기통에 버린 다음 동네 슈퍼에서 바지락을 사 와서 순두부찌개를 끓였다.

건호가 돌아와 소주 반병을 놓고 밥그릇을 다 비웠다. 정아는 반찬 그릇 뚜껑을 닫으며 말했다. 나 임신했어. 목소리는 뜻밖에도 몹시 차분하게 나왔다. 건호는 숟가락을 내려놓더니 울기 시작했다. 소리 내지 않고 끅끅, 잠긴 서러운 울음이었기 때문에 정아는 혹시 자기에게 있었던 일을 건호가 다 아는 게 아닌가 싶었다.

왜 울어? 하고 묻자 건호는 대답했다. 애기…… 우리 애기가 너무 불쌍해서. 건호의 눈물은 밥풀 하나 남기지 않고 깨끗하게 박박 긁어 먹은 밥그릇 위로 뚝뚝 떨어졌다. 건호는 고개를 푹 숙인 채 말했다. 우리…… 아직은 좋은 엄마 아빠 될 준비가 안 됐지? 그러니까…… 어쩔 수 없겠지? 정아는 천천히 고개를 끄덕였다. 동감이었다. 내 애기 하나 책임 못 지고, 너무 미안해. 건호는 계속 울었고, 정아는 건호의 어깨를 토닥거렸다. 그리고 반찬 그릇 뚜껑을 다 닫아 냉장고에 넣었다. 설거지는 건호가 했다. 그날 밤 둘은 손을 꼭 잡고 잤다.

이틀 후 정아는 한 달에 두 차례 있는 월차를 썼고 캐러멜모카프라푸치노의 태아는 적출되었다. 수술 후 포도당 링거를 한 대 맞았고, 건호는 오토바이 가게를 차리기 위한 통장에서 오십만 원을 꺼내 수술비로 지불했다. 30분만 더 누워 있으세요, 하는 간호사의 말을 무시하고 정아는 침대에서 내려와 병원을 나왔다. 볕이 뜨거웠다. 건호가 정아의 손을 잡았다. 뭐 먹고 싶은 거…… 없어? 정아는 가만히 입을 다물었다가 대답했다. 삼겹살. 삼겹살? 응. 건호의 눈가에는 눈물이 말라

붙어 있었다. 둘은 가장 가까운 고깃집에 들어갔다. 삼겹살 2인분과 밥을 주문했다. 제법 맛있는 집인지 다소 이른 저녁 시간이었는데도 손님이 적잖이 들어차 있었다. 회식인지 소란스럽게 술잔을 맞부딪치는 넥타이 부대를 피해 구석 자리에 앉았다. 이내 아줌마가 불그스름한 고깃점들을 내와서 석쇠에 늘어놓았다.

그 붉은 빛깔을 보자 정아의 입 안에서는 군침이 확 돌았다. 건호가 소주를 한 병 주문해서는 잔에 따라 홀쩍 마셔버렸다. 정아는 꼼짝 않고 불판을 바라보며 삼겹살이 익기를 기다렸다. 한쪽 면이 지글지글 익어가자 향기로운 냄새가 정아의 코를 간질였다. 벌써 세 잔이나 소주를 연거푸 들이켠 건호는 서툴게 집게를 잡고 고깃점들을 뒤집었다. 정아는 풋고추에 쌈장을 찍어 먹으며 고기가 익기를 기다렸다. 건호는 소주를 한 잔 더 마시고는 익은 고기들을 정아 쪽으로 밀었다. 정아는 사양하지 않고 상추에 고기를 싸서 입에 밀어 넣었다. 채 식질 않아 입천장을 조금 덴 것 같았지만 상관없었다. 흉하게 보이든 말든, 우물우물 씹어 삼키고 연신 두 점이나 더 집어 먹고서야 건호가 눈에 보였다.

건호는 젓가락에 손을 대지도 않고 계속 고기만 굽고 있었다. 안 먹느냐고 묻자 건호는 됐으니까 많이 먹으라고 했다. 정아는 그 말대로, 많이 먹었다. 2인분이 순식간에 없어졌다. 소주병은 그동안 삼분의 이가 넘게 비어 있었다. 건호의 눈에서는 다시 굵은 눈물방울이 흘러내리고 있었다. 건호는 손등으로 그걸 쓱 문질러 닦으며 더 먹을래? 하고 물었다. 정아는 고개를 끄덕끄덕했다. 건호는 종업원에게 2인분을 추가했다. 정아는 뚝배기의 된장찌개를 정신없이 퍼먹었다. 푹 익은 감자 조각은 구수했고 국물은 고추 때문에 매콤하면서도 시원했다. 고기는 계속 익어갔고 건호는 계속 울면서 고기를 구웠다. 정아는 계속 고기를 먹었다. 떠들썩하던 넥타이 부대는 2차, 2차 하고 흥겹게 외치며 자리에서 일어났다. 넥타이 부대가 카운터 앞에서 내가 계산하네 네가 계산하네 실랑이하는 사이 정아는 그들이 앉았던 자리의 불판을 쳐다보았다. 익은 고기들이 열두 점도 넘게 남아 있었다. 어느새 소주병을 다 비운 건호가 쌈을 싸서 정아에게 내밀었다. 2인분 더 시킨 것도 다 먹어 치우고 이젠 마지막 고깃점이었다. 정아는 그 쌈을 먹으며 삼겹살 먹는 일이 정말 힘들다고 생각했다.

정말로, 힘든 일이었다.

이것보다, 정말 이것보다 더 잘 먹어야 하는데. 마분지처럼 얇은 대패삼겹살이라 해도.

정아는 먹었다. 잘 먹었다. 안 먹었다간 무슨 일이 생길지 모르니까.

정말 모르니까.

정정은 씨의 경우

    정정은 씨의 남자 친구는 공부는 잘했지만 귀가 얇았다. 공부만 하느라 세상 물정도 몰라서 정정은 씨가 얼마나 그동안 희생을 하며 뒷바라지를 했는지, 7년이라는 기간이 얼마나 긴지 헤아려 볼 만큼 마음이 넓은 인물이 못 되었다. 더 앞 세대는 고시 공부를 한다며 속세와 인연을 끊고 산에 있는 절에도 흔히 들어가던 시절이었지만, 고시원의 네모반듯한 방을 더 기꺼워했던 그는 이 고시원 방에 딸린 보통 '독서실 책상'이라고 불리는 책걸상에 앉아 법전을 파고 또 팠다. 모든 즐거움은 사법 고시 합격 이후로 미루어둔 채였다. 가끔, 도저히 못 견디겠다! 하고 끄아악 소리를 지를 때면 사려 깊은 정정은 씨가 한창 유행하는 영화 티켓을 예매해놓거나 입소문이 난 맛집으로 데려가는 식으로 그의 기분 전환까지 책임졌다. 처음 목표대로 재학 중 합격하지는 못했지만 그래도 몇 년이 지나 드디어 졸업한 고등학교 정문에 사법 고시 합격 플래카드가 휘날렸고, 소위 사회 지도층으로서의 삶이 열리고 나니, 정정은 씨도 그의 지위를 마치 자신이 나눠 갖게 된 것처럼 자랑스러움에 마음이 부풀었고, 그 부푼 마음에 부모가 풀무질하듯 뜨겁게 속삭이는 결혼 충동질이 아주 그럴싸하게 느껴졌다.

쿠바에 가서 정통 살사를 배워보고 싶었고 인도의 갠지스강에서 시체를 태우는 연기 냄새를 맡고 싶었으며 산티아고 순례길을 걷고 싶었던 정정은 씨의 꿈은 어딜 계집애가 위험한 데를 나다니려 하냐는 부모와 남자 친구의 열렬한 만류 때문에 그저 꿈으로만 남았다. 정정은 씨는 꿈을 포기한 만큼 남자 친구에게 더 정성을 바쳤고 여행 자금으로 대학 때부터 모아놓았던 통장을 해지하고 결혼자금을 착실히 준비했다. 정정은 씨 남자 친구의 부모는 정정은 씨의 워낙 살뜰한 돌봄 때문에 아들 뒷바라지라고 특별히 할 게 없었고, 입 속의 혀처럼 아들을 보살펴주는 정정은 씨를 며느리처럼 생각하고 고마워하고 귀여워했던 때도 있었지만 이제는 그 모든 것이 벌써 먼 옛날처럼 느껴졌다.

그들에게 정정은 씨의 희생은 이제 당연하고도 갑갑한 것이 되었고 내 아들이 잘났으니 당연히 받아야 할 것, 이라는 묘한 권리의식으로 둔갑했다. 아이고 우리 정은이 고맙기도 하지, 에서 그 계집애한테 누가 우리 아들 챙겨달라고 애걸복걸을 하길 했나? 제가 잘난 우리 아들을 워낙 좋아해서 그런 것을 뭘 어쩐담, 하는 식으로 빠르게 태세가 전환되었다. 팔랑귀를 가진 정정은 씨의 애인은 정은 씨에게 고마운 마음을 갖고 있긴 했으나 이제 더 아름답고, 더 젊고, 더 상냥하고, 더 부유한 여자를 얼마든지 만날 수 있고 그것이 부모에게 하는 최상의 효도라고 주장하는 양친의 설득에 그는 기꺼이 정정은 씨에게 이별을 고했다.

"우린 앞으로 갈 길이 다른 것 같아."

지금까지는 기꺼이 같은 길을 졸졸 따라오고, 따라오면서 뻔뻔히 마트 계산대 옆에 서서 저 필요한 것들 계산은 모조리 시키고 이쑤시개로 이빨만 쑤셔대던 주제에, 갈 길이 이제야 달라? 가엾은 정정은 씨. 십몇 년만 늦게 태어났더라면 일등 신붓감이었겠건만 지금과 달리 당시의 여교사는 긴 방학, 교직원 연금을 빼면 별 매력이 없는 직종이었다. 애인과 함께 한 7년의 세월과 그에게 바쳤던 헌신은 순식간에 지나간 과거가 되었고, 충격을 이기지 못해 병가를 내고 2주 반이나 자리에 드러누운 정정은 씨의 이마에 얹은 얼음주머니를 끊임없이 갈아주며 정정은 씨의 부모는 가련해했다가 한심해했다가 어쩔 줄을 몰랐다. 정정은 씨의 아버지는 분통이 터져 사법연수원까지 옛 사윗감을 찾아갔지만 '자식들 일은 자식들이 하게 놓아두시라, 체통 없이 이게 뭐 하시는 거냐'는 청년의 당당한 위세에 힘없이 집으로 돌아왔다. 벌써부터 그쪽 부모는 연수원에 있는 아들을 '김 판사' '영감님'이라고 불렀다. 지금까지 정정은 씨가 투자한 돈만 해도 얼만데, 저쪽 집안에서는 우리 아들한테 그쪽 딸내미가 함빡 빠져서 누가 해달라 한 것도 아닌데 저가 해다 바친 걸 가지고 무슨 소리냐는 태도를 끝까지 견지했다.

기가 탁 막힌 정정은 씨의 어머니는 하다못해 너는 애라도 하나 못 만들어놓았느냐, 여우랑은 살아도 곰하고는 못 사는 법인데 재주 없는 이 미련퉁이야, 하고 뜨거운 눈물을 쏟았다. 정정은 씨는 몸가짐을 늘 조심하라고 귀에 딱지가 앉도록 듣다가 이제는 몰래 아이라도 만들어놓지 않았다고 미련퉁이 소리를 듣는다. 어쨌거나 어머니의 그 눈물을 보는 순간 정정은 씨의 머리에서는 열이 싸늘히 내려 자리보전하고 누웠던 침대에서 벌떡 일어났다. 신랑이 될 뻔했던 남자와 대학 동문이다 보니, 정정은 씨에게 7년이나 기다리게 했던 그 남자가 맞선을 통해 사업을 크게 일군 집안의 명문 여대 3학년생과 약혼을 했다는 둥의 온갖 소식이 듣기 싫어도 들려왔다.

정정은 씨는 그를 만나는 동안 사법 고시 합격 전에 약혼이라도 해놓고 싶다고 넌지시 운을 떠워본 적이 없지 않았다. 그는 그냥 지금은 때가 아니라고만 했는데, 이제야 그때가 온 모양이었다. 그때를 애타게 기다린 정정은 씨는 쏙 뺀 채 말이다. 이윽고 남자는 예비 처가댁에서 사 준 외제 승용차를 타고 연수원을 드나들며 일고여덟 살이나 어린 약혼녀와 폼 나게 거리를 누볐다. 듣고 싶지 않아도 계속 소식이 들려왔다. 예비 처가댁에서 승용차는 물론, 딸이 좁은 집에서 복닥대면서 사는 것이 싫다며 서울 중심가에 최소 48평짜리 아파트를 사 준다고 하여 그들은 지지배배 살뜰히 애정을 나누며 어울려 살아갈 사랑의 보금자리를 찾고 있으며 그 보금자리를 안락하고 풍요하게 채울 갖은 혼수들, 엄청나게 커다란 텔레비전이나 그때만 해도 갖춘 사람이 드물었던 에어컨디셔너(그때는 그렇게 불렀다), 할 수 있는 모든 옵션을 다 갖춘 오디오까지. 물론 어디 그뿐일까, 이태리에 특별히 주문해서 최소한 두 달을 기다려야 한국으로 배송해준다는 최고급 물소 가죽으로 만든 소파, 침대는 가구가 아니고 과학이라던 브랜드에서도 가장 비싼 돌침대, 장인이 직접 만든다는 20자 장롱. 마지막으로 아무 집에서나 일하지 않는다는 소문이 파다해 재벌 사모님들도 굽신거리며 모셔 간다는 노련한 도우미를 스카우트했다는 소식이 들려올 때까지는 정정은 씨도 혼신의 힘을 다해 심상한 표정으로 견딜 수 있었다. 그러나 그녀가 소녀 시절부터 늘 꿈꾼, 꿈만 꿔보았던 한국에서 가장 예식비가 비싼 호텔에서 그들이 식을 올리기로 했다는 소식을 들었을 때, 정정은 씨는 무의식 중에 피가 날 정도로 입술의 각질을 물어뜯고 있었다. 게다가 그들이 한때 정정은 씨가 자신의 약지에 끼워질 거라 믿어 의심치 않았던 아주 큰 캐럿의 다이아몬드 반지를 보러 다닌다는 소식을 전해 들었을 때 정정은 씨의 심장에는 막이 생겼고, 시간이 지날수록 그 막은 한 켜 한 켜 딱딱해지기만 했다.

정정은 씨의 마음속에 있는 연하고 말랑말랑하고 부드러운 부분들은 급속히 경화되다가 마침내는 '이 연놈들에게 지지 않는 혼처를 구하고야 말겠다'라는 일념으로 양초처럼 단단히 굳어졌다. 원래도 여자 나이는 크리스마스 케이크라 스물다섯 넘으면 쓸데가 없다는 둥 하는 한심한 소리를 흔히들 입에 올리던 시절이기도 했지만, 가볍게 정정은 씨를 버린 혼처보다 나은 자리를 찾고 찾다가 스물아홉이 된 정정은 씨는 매일이 초조했다. 본래 생물 선생이었으나 사립학교 교장과 트러블을 일으키고 학교를 뛰쳐나간 국사 선생 몫까지 두 과목이

나 성실하게 가르치면서 아이들의 유치하고 심각한 이야기들을 친구처럼 귀 기울이며 미소 짓던 정정은 씨는 해가 갈수록 웃지 않게 되었다.

지위 고하를 막론하고 남자들이 발 앞에 엎드려 결혼을 구걸할 만큼 빼어난 미모나, 애써 어른인 척해도 저도 모르게 배어나는 귀염성으로 남자가 저도 모르게 픽, 웃으며 보호본능을 느끼게 할 만한 사정없이 어린 나이나, 등에 업고 떵떵거릴 수 있는 친정 가문의 재산이나 위세 같은 게 전혀 없는 정정은 씨였지만 그래도 교사라는 직업은 맞선 자리에 내놓을 수 있는 나쁘지 않은 상품이었다. 정정은 씨의 부모 역시 노후가 확실하게 보장되어 있었고, 그 한심한 놈에게 7년이나 헌신하다가 팽당하고 만 딸이 안쓰러워 결혼만 한다면 뚝딱 어느 정도 지참금 조로 재산을 떼어 줄 용의도 충분했다. 여교사, 하면 남자들의 환상에 부합하는 면이 있었고 예비 시어머니들에게는 남편보다 일찍 퇴근하니 살림할 시간도 많고 이른 퇴근 시간과 긴 방학 덕택에 아이를 낳아 기를 시간도 충분하다 싶어 꽤 괜찮은 며느릿감이었다. 그래서 정정은 씨는 원하지 않았던 맞선

시장에 투신했는데, 청순한 아이보리와 화사한 개나리색, 점잖은 격자무늬의 투피스를 12개월 할부로 장만하여 딸그랑딸그랑 종을 울리는 호텔 안내 직원이 XXX 씨 계십니까, 하고 묻는 호텔 커피숍에서의 맞선에 적극적으로 임했다. 결혼정보회사에도 가입했고, 역사와 전통을 지닌 마담뚜들에게도 신랑감을 의뢰했다. 판사가 될 뻔했던 전 남자 친구의 음영이 아직 짙게 드리워져, 정정은 씨는 마담뚜들의 설득에도 좀처럼 마음을 결정할 수가 없었고, 어영부영 해가 바뀌어 스물아홉이 된 것이었다.

이제는 마담뚜들도 아예 노골적으로 돈 많고 애 딸린 홀아비는 어떠냐고 물어보기도 했다. 정정은 씨는 화낼 힘도 남아 있지 않았기 때문에 어깨를 으쓱해 보였고 정정은 씨의 어머니가 대신 우리 애를 뭘로 보느냐고 화를 냈다. 그새 생각지도 못했던 바로 밑의 여동생이 갓 깎아놓은 오이처럼 말갛고 상큼한 얼굴을 하고는 호남형의 대기업 사원을 집에 데려와 인사를 시켰다. 오랜만에 정정은 씨의 부모는 희색이 만면했고, 동생은 어렵지 않게 부모에게 결혼 승낙을 받았다. 제붓감의 인상이

나쁘지 않다고 생각했지만 심장을 감싼 껍질이 점점 단단해진 정정은 씨는 찬물도 위아래로 엄연한 순서가 있다고, 언니가 가기 전에 동생이 가는 법이 어디 있냐며 누가 뭐래도 개혼은 장녀가 하는 것이 세상의 이치라면서 동생의 빠른 결혼만은 굳세게 반대했다.

요즘 그런 걸 누가 따지냐며 동생은 길길이 날뛰었지만, 정정은 씨는 요지부동이었다. 정정은 씨의 가족들은 가능하면 올해 안에 결혼식을 치러서 아버지가 퇴직하시기 전에 그동안 뿌린 부조를 어느 정도 돌려받을 요량이었는데, 정정은 씨가 입을 꾹 다물고 있으니 어찌할 바를 몰랐다. 설득했다가 화냈다가 졸랐다가 해도 반응이 없는 언니 때문에 답답해하던 동생은 어느 날 소주 냄새를 풍기며 귀가하더니 "앞의 똥차가 도통 안 빠지니 뒤차는 도대체 어느 세월에 가느냐!"며 폭언을 서슴지 않았다.

똥차, 똥차라니. 이 문제에 대해 정정은 씨의 부모 역시 개혼은 맏이여야 한다는 말에 동감이어서 안 그래도 상심한 언니 속을 뒤집어놓는 둘째 딸의 말버릇을 꾸짖

긴 했지만, 큰딸의 등골을 빼먹고도 잘났다고 뻣뻣하게
굴던 예전 사위 후봇감과 달리 둘째 사위가 될 청년은
마음에 쏙 드는 게 사실이었다. 사윗감이라고 철석같이
믿고 있던 청년이 뻣뻣하게 남의 집 귀한 딸인 정정은
씨를 무슨 불량 재고품 취급한 것에 대해 부모 역시 마
음이 적잖이 상한 참이었다.

둘째 딸의 사윗감은 은행원이었는데, 행원 업무를 보
며 몸에 익힌 싹싹함 덕분인지 주말이나 휴일에 청춘
남녀 둘이서 데이트하는 것으로 모자라 정성이 하늘에
뻗쳐 고급 과일 바구니니 질 좋은 쇠고기 따위를 들고
뻔질나게 찾아왔다. "어머니, 씨암탉 좀 잡아주세요" 하
고 밉지 않게 너스레를 떠는 이 청년은 판검사만은 못
해도 그만하면 좋은 신랑감이었다. 마블링이 눈처럼 내
린 쇠고기 차돌박이로 스키야키를 해 먹고, 아끼느라
생전 먹어본 적이 없는 망고나 멜론, 백화점 베이커리
코너에서 파는 곱고 예쁜 케이크를 나누어 먹고, 간혹
새로 뽑았다는 국산 중형차로 교외에 맛있는 갈비와 냉
면을 파는 집이 있으니 가시자고 조르기도 하고 수목원
에 가서 좋은 공기를 쐬자고도 하며 어머니, 아버지, 하

면서 붙임성 좋게 들러붙는 둘째 딸의 신랑감은 썩 귀여웠다.

그는 물론 정정은 씨에게도 "처형, 같이 가시죠" 하고 몇 번이나 권했지만 정정은 씨는 "아직 결혼도 안 했는데 처형이라뇨?" 하고 서늘하게 대꾸하면서 수업 준비를 해야 한다는 핑계로 단 한 번도 그 나들이에 낀 적이 없었다. 정정은 씨의 제붓감은 하하 호호 웃으며 사위 사랑은 장모라는데 십팔번이시라는 닭볶음탕 좀 해주세요, 하고 밉지 않게 조르기도 하고 딸만 있어 조금 아쉬웠던 정정은 씨의 아버지와 장기며 바둑을 두고 닭볶음탕을 안주로 술도 몇 잔 기울이며 점점 더 친근한 사이가 되었다. 물론 정정은 씨는 일주일이 멀다 하고 열리는 그 모임에 단 한 번도 참석하지 않았고, 제붓감이 찾아올 때는 방에서 나오지도 않았다.

그가 미운 것이 아니라 그가 하는 행동들이 정정은 씨가 그토록 정성을 바쳤던 상대에게 바라던 태도와 꼭 같아 유리 조각으로 마음을 저미는 듯했다. 서른이 되어가는 똥차 큰언니가 거기 끼어봤자 어색할 테니 자기 방에 앉아 철 지난 잡지를 읽거나 껄껄 웃어대는 식구들 모르게 현관문을 소리 나지 않게 열고 나가서 그다지 보고 싶지도 않은 재미없는 영화를 보고 저녁도 거른 채 집으로 돌아오면 그때까지도 그 청년은 아버지와 어울려 저녁상을 물리고 맥주를 마시고 있다가 넉살도 좋게 그녀에게도 처형, 처형 해대면서 맥주를 권했지만 그 술 한 잔이 정정은 씨는 독배보다도 더 마시기 싫었다.

　과일을 깎거나 간단한 안줏거리를 만들고 있는 어머니나 여동생의 눈빛에는 분위기 좀 맞춰달라는 애원의 표정이 가득했고, 아주 본체만체할 수도 없으니 맥주 거품에 겨우 혀만 대는 정정은 씨는 그야말로 가시방석에 앉은 기분이었다. 게다가 여동생이 어디에 있든 언제나 데리러 왔다가 데려다 주는 살뜰한 모양새에 더해 귀걸이나 팔찌 같은 자잘한 것에서부터 구두나 원피스, 핸드백처럼 다소 가격이 나가는 선물이 두 사람이 함께 쓰는 방을 채우는 걸 본 정정은 씨도 처녀였으니 마음이 서럽지 않을 리 없었다. 7년간의 연애 기간 동안 정정은 씨가 받아본 선물이라고는 싸구려 로션 하나 없었다. 똥차는 도로에 서 있는 그대로가 편하다 해도, 뒤차와 그걸 지켜보는 사람들을 불편하게 만드는 것이 미안하기도 하고 억울하기도 하고 서럽기도 했던 정정은 씨는 스무 번째 맞선 자리에 평소와는 다른 각오로 출격했다. 역시 토요일만 되면 맞선 보는 남녀로 가득한 호텔 1층이었다.

이번 상대는 백육십칠 센티미터의 키에 삼십 대 중반을 훌쩍 넘겨 마흔을 바라보는 나이로 동생들이 줄줄이 딸린 7급 공무원이었고, 정정은 씨는 혼인상대를 선택하는 기준을 '좋다'에서 '나쁘지 않다' 정도면 오케이,로 하향 조정한 직후였기 때문에 묵묵히 혼담을 받아들였다. 하지만 그때부터 정정은 씨에게 솜털같이 포근한 나날이 시작되거나 한 건 절대로 아니었다. 확실히 세상에는 이태리타월로 미는 것처럼 까끌까끌하게 쓰라린 팔자를 타고난 여자들이 있는 모양이었다. 보통 세 번의 만남 후 서로 별다른 거부 의사가 없으면 혼담을 진행하는 게 관습이라고 했다. 그 관습에 따라 전화를 걸어온 예비 시어머니의 목소리는 듣기만 해도 까끌까끌하기 짝이 없었다. 서로 허례허식 없이 깔끔하게 하자기에 예단이나 꾸밈비나 할 생각이 없나 보다, 그래도 다 생략해도 되겠는가 싶어 현금을 오백만 원 보냈더니 적다고 노골적으로 툴툴거리면서 보통 천만 원 보내면 오백에서 칠백만 원, 오백만 원을 보내면 삼백만 원을 돌려받는 관습에도 불구하고 저쪽 집에서는 세상에, 무려 오십만 원을 돌려 보내왔다. 요즘 시대에 남자가 집 해 오는 건 고리타분한 관습이라고 하더니 시댁에서 5분 거리에 집을 얻으라고 노래를 부른 것까지는 그렇다 치더라도, 예비 시어머니가 지금 부동산에서 거는 거라며 한참 수업 준비 중인 교무실로 전화를 걸어와 입에 침이 마를 정도로 호들갑을 떨면서 지금 정말이지 놓치기 아까운 집이 나와서 당신이 냉큼 계약금을 걸고 계약을 하셨다고 해서 부랴부랴 가보니 아니 이건 웬, 시댁에서 2분 거리?

아무리 생각해도 예비 시어머니가 냉큼 계약해버린 그 집에서는 못 살 것 같았다. 시댁이 지척이라는 건 그렇다 쳐도 그녀의 직장에서도, 예비 남편의 직장에서도 통근 거리가 1시간 반이 넘게 걸렸다. 차가 밀리기라도 하면 도합 3시간 넘는 시간을 길에서 보내는 셈이었다. 한참을 망설이다 예비 시댁에 전화를 걸어 계약금을 못 돌려받더라도 저흰 좀 직장 가까이에 집을 얻어야 할 것 같아요, 하니 대번에 수화기 넘어 시어머니의 목소리가 샐쭉해졌다.

"너희라니, 말은 똑바로 해야지. 그냥 네 생각인 거지?"

"아니에요, 어머님. XX 씨도 직장 가까운 게 좋다고 해요."

"그 애가 여자가 충동질한다고 넘어갈 성격이 아니야. 걔가 딱 그러자고 하든?"

"꼭 그렇게 말한 건 아니더라도 어머님 그게 아니고요, 그 집에 살면 저희는 출퇴근 시간만 하루에 3시간씩 걸려요. 그것도 그렇고요 장도 보고 하려면 근처에 마트 같은 것도 있어야 되는데…… 거기는 좀."

"시장은 다 파업했다니? 마트 없어도 난 잘만 살았다. 너 지금 내 앞에서 선생 티내니? 누굴 가르치려 들어?"

"……."

"너 전에 사법연수생 만났었다며? 그래서 네가 우리 XX 정도면 만만하게 보나 본데, 네가 몰라서 그렇지 바깥에 나가면 우리 XX 좋다는 여자들 쎄고 쎘다, 너. 울고불고하면서 내 치마꼬리 붙들고 시집오겠다고 한 여자들도 있었어. 너보다 나은 혼처도 없었던 거 아니지만, 우리 XX가 하겠다고 하니까 우린 백번 양보하는 거야. 원래는 열쇠 세 개는 받아야 한다고 내 친구들도 다 그런다. 내가 그런 주책맞은 짓 안 하려고 해서 너한테 말도 안 하는 거야. 그리고 네가 몰라서 그렇지, 요즘 예단은 다 천만 원이 기본이다, 너?"

불똥이 엉뚱하게 튀었다. 이러지도 저러지도 못하고 수업 종이 울려 전화기를 내려놓은 그녀의 마음속에서는 무거운 벽돌이 차곡차곡 쌓여서 저도 모르게 한숨이 나왔다. 그 돈 오백만 원으로는 식구들 옷 사 입고 친척들한텐 양말짝 하나 제대로 돌리기에도 빠듯하다고? 이탈리아에서 오트쿠튀르 양말이라도 사다 돌릴 셈인가? 아니면 도대체 어떤 호화로운 옷을 입고 금테 두른 양말을 돌리길래 오백만 원으로 양말짝을 못 돌려? 수업 시작종이 울린 지 5분이나 지나 교무실에서 선생들이 우르르 빠져나갔는데도 그녀는 붙박인 듯 수화기 위에 손을 내려놓은 채 굳어져 있었다. 그리고, 용암처럼 부글부글 끓는 마음을 억지로 식혀서 1학년 7반 수업 시간에 들어간 거였다.

어제도 동생의 애인이 늦게까지 머물렀다 간 날이었다. 거실엔 웃음꽃이 피었지만 그 꽃들은 정정은 씨와는 아무 상관이 없었다. IMF가 할퀴고 지나간 2000년대였다면 정정은 씨는 일등 신붓감이었겠지만 아직 X세대니 오렌지족이니 하는 젊은이들이 설치고 다닐 수 있던 호경기였기 때문에 정정은 씨의 교원자격증은 그리 찬연한 빛을 발하지 못했다. 예전에는 하나하나 귀엽기만 하던 여고생들은 이제 툭하면 짜증스러웠다. 전에는 스승이라기보다는 다정한 언니 같던 정정은 씨의 변모에 학생들은 전처럼 정정은 씨에게 농을 걸지 못했고 정정은 씨가 뭐라도 물어볼라치면 모두 고개를 떨어뜨린 채 실내화 코만 바라보았다. 수업 시간에 남자 친구가 어떻고 연애가 어떻고 무슨 연예인이 어떻고 정정은 씨에게 선생님 있잖아요, 하고 이야기를 꺼내면 수업 진도에 문제가 없는 한 친구처럼 받아주던 정정은 씨는 이제 더 이상 없었다. 아이들은 정정은 씨에게 말을 걸기는커녕 수업 시간에 서로 귓속말을 하는 정도도

하지 못하고 수업 끝을 알리는 종이 땡, 하고 풀어줄 때까지 모두 얼음, 하고 앉아 있었다.

그날은 특별히 불우한 날이었는데 수업에 들어가보니 반 아이들이 죄다 들떠 있었다. 무슨 좋은 일이 있어서 낙엽만 굴러가도 까르르거리긴 시끄럽게, 하며 정정은 씨는 출석부를 교탁에 소리 나게 내려놓았다. 싸늘한 기운을 감지하지 못한 아이들이 계속 들떠 있는 바람에 정정은 씨는 무슨 일이냐고 심상하게 물었다.

"쌤, 혜린이 남자 친구 생겼대요!"

아이들이 입을 모아 재재거렸다. 공부를 잘하지도 못하지도 않는 혜린은 얼굴은 그런대로 귀여웠지만 몸이 좀 심하게 푸짐했다. 특출나게 성적이 좋은 것도 아니었고 그렇다고 성격이 좋은 것도 아니요 입 속의 혀같이 굴면서 심부름을 한다든가 뭐 기타 등등으로 나긋나긋하게 순종적인 것도 아니었으며 세심하게 간식 같은 걸 갖다 주는 것도 아니었으니 별로 예뻐 보일 건덕지가 없는 학생이었다. 게다가 지난달에는 정정은 씨가 부담임을 맡은 반의 육성회장 딸과 육탄전을 벌이며 다툰 바람에 야수처럼 분노한 육성회장과 상대하는 일을 담임이 정정은 씨에게 떠맡기고 달아나는 바람에 장장 2시간이나 육성회장의 항의를 감당해야만 했던 것이다.

　그러니 아이들이 짓궂게 장혜린 남자 친구 생겼대요오, 존나 멋있대요오, 키도 백팔십이래요오, 하는 비음 섞인 괴성을 질러대고 있을 때 백육십칠 센티미터의 키에 그녀를 늘 저기, 라고 부르고 동생들 대학 등록금은 우리가 해줘야 한다, 그나저나 당신 비자금은 얼마나 모아놨냐는 태평한 소리를 아무렇지도 않게 지껄이는 그녀의 약혼자가 떠올랐고, 축복은커녕 마녀 같은 망토를 떨쳐입고 검은 닭의 목이라도 꺾으면서 거창한 저주를 퍼붓고 싶은 기분을 감당할 수가 없었다. 사람들은 충동적인 것이 청소년의 본성이라고 하지만, 한때 청소년이었던 모든 어른들도 가끔 자제력을 잃는 날이 있기 마련이다. 그날은 정정은 씨의 마음속 청소년이 대폭발한 그런 날이었다. 똥차가 안 가서 차가 밀린다는 불평을 너무나 당당하게 늘어놓던 여동생에게 한 번이라도 하고 싶었지만 못한 그 모든 말들이 파전과 골뱅이와

막걸리와 맥주와 마른오징어가 희한하게 뒤섞인 취객의 토사물처럼 온통 뒤섞인 채 튀어나왔다.

"놀고 있네."

정정은 씨의 얼굴에서 웃음기라고는 전혀 없다는 것을 안 아이들이 괴성 지르기를 그만뒀다.

"저번 시간 숙제 펴."

책상과 가방에서 노트를 꺼내는 소리가 교실 전체에서 부스럭거렸다. 1분단부터 책상 위에 펼쳐놓은 아이들의 공책을 끝이 가느다란 지휘봉으로 탁탁 짚으며 그녀는 피식피식 웃었다.

"펜팔을 해서 남자 친구를 사귀었다고? 펜팔? 키가 백팔십에 멋있대? 애도, 어쩜 그리 순진하니."

사랑에 빠진 남자의 입에서 나올 때 말고는, 순진하다는 단어가 좋게 쓰이는 경우는 없을 것이다. 귀엽게 어리바리한 연인을 향해 자긴, 참 순진하긴, 이러한 용법을 빼놓고는 보통 멍청하거나 세상 물정을 모르는 모습을 칭할 때 쓰이는 법, 정정은 씨에게서 풍겨 나오는 악의를 예민하게 감지한 아이들은 그녀가 발음한 '순진하다'가 착하거나 귀엽다는 뜻이 아니라 멍청하고 어리숙하다는 의미임을 즉시 알아챘고 몇은 킥킥거리기도 했다.

"그런 거에다 진담 쓰는 사람이 있을 것 같아? 넌 네 얘기 사실만 고대로 썼니, 응?"

혜린은 응당 네, 라고 대답하려 했지만 목구멍에서 보이지 않는 작은 손이 튀어나와 그녀의 혀를 꼭 붙잡는 것만 같았다. 혜린은 평균보다 조금 많이 토실토실한 편이었지만 편지에 자신을 소개하며 키는 백육십칠 센티미터라고 사실대로 썼지만 몸무게는 사십팔 킬로그램이라고 써 보냈기 때문이었다. 혜린은 이건 거짓말이 아니야, 하고 필사적으로 생각했다. 편지 왕래를 하다가 마침내 그를 만나게 될 때에는 다이어트에 성공해서 사십팔 킬로그램이 되어 있을 예정이었다. 거짓말이 아니라 아직 오지 않은 미래였다. 2분단 숙제 검사를 마치고 3분단 중간까지 온 정정은 씨는 계속해서 냉소를 보내며 혜린의 노트를 지휘봉으로 탁 짚고 숙제를 들여다보았다.

"너, 남자애가 편지에 써 보낸 거 절반도 믿지 말렴. 다 거짓말이야. 아마 네가 쓴 거짓말 정도는 그 애도 했을 걸?" 장혜린 너는 애가 매일 매점에 있더라? 빵 먹을 시간에 숙제나 좀 잘 하지, 이게 뭐야 숙제를 발로 했어? 편지 쓸 시간에 숙제를 하든가, 빵 먹을 시간에 공부 좀 하지."

정정은 씨의 지휘봉은 숙제 공책에서 혜린의 풍선처럼 도톰하게 부푼 뺨으로 옮아갔다. 나무 지휘봉이 혜린의 뺨을 톡톡톡 치면서 어금니를 때려 하마터면 앗, 하고 짧게 소리를 지를 뻔했지만 이를 악물고 참았다. 왠지 그래야만 할 것 같았다.

"이 볼따구니 좀 봐라 응, 맨날 그렇게 먹어대니 이렇게 터지려고 하지. 연앨 하고 싶거든 만나서 할 것이지 왜 하필 펜팔이라니. 너 빵 좀 줄여야겠다. 걔가 만나자고 하면 어떡할 거니?"

정정은 씨는 자기 말투가 좀 전 수화기를 통해 카랑카랑하게 들려온 예비 시어머니와 똑같이 울리고 있다는 걸 얼핏 느꼈지만 도무지 그만둘 수가 없었다. 혜린은 얼굴이 하얗게 굳어져서 지휘봉으로 두들겨지는 뺨에서 옴팡한 살이 올록볼록 엠보싱처럼 움직이는데도 고개를 떨어뜨리지도, 눈물이 고이지도, 얼굴이 빨개지지도 않은 채 칠판을 빤히 쳐다보고 있었다.

"하이고, 지가 언제부터 그렇게 칠판을 열심히 봤다고."

정정은 씨는 왠지 참을 수 없이 화가 났다. 그녀는 그렇게 해서 의심을 모르던 성격을 완전히 잃어버린 거였다. 그리고 앞을 빤히 쳐다보고 있는 혜린의 표정에서, 자기에게만은 절대로 불행이 일어나지 않을 거라고, 불운이 다가오지 않을 거라고 한 치도 의심하지 않고 있다는 걸 한때 똑같이 인생에게 속았던 사람만이 갖는 감각으로 감지했기 때문에 더욱 화가 치밀었다. 위풍당당한 독일제 승용차를 타고 휴일이면 비눗방울 같은 웃음소리를 곳곳에 휘날릴 옛 남자 친구와 그의 약혼녀가 망쳐놓기 전까지는 그녀도 그랬었다. 한때는 삶을 믿었지만 삶은 정정은 씨를 이상한 곳에 데려다 놓았다. 그녀는 숫제 지휘봉으로 혜린의 뺨을 밀었다. 자기도 모르게 낮은 목소리가 연신 입 밖으로 나왔다.

"남자는 믿을 게 못 돼. 다 거짓말쟁이라고. 다 발린 소리만 하고, 못 하는 소리가 없지. 하지만 그건 다 거짓말이야. 하여튼, 꿈 깨. 꿈 깨고 공부나 열심히 해. 이 볼따구니 좀 봐라. 꼭 입에 도토리 문 것 같아."

아이들은 까르르 웃었고 정정은 씨는 후, 하고 마음을 가라앉히며 교과서를 폈다. 혜린은 플라나리아고 뭐고 눈에 들어오지 않았다. 옆에 앉은 은미는 또각또각 흑판에 쓰는 분필 소리 사이에 혜린에게 살그머니 속삭였다.

"씨발년. 네가 참아. 다 노처녀 히스테리야."

수업 종료를 알리는 종이 울리자 정정은 씨는 부리나케 교실을 나갔다. 업무 시간에 전화하는 걸 그는 싫어했지만 오늘은 꼭 약혼자와 통화해서 담판을 지어야 했다. 그 역시 정 시댁에서 2분 걸리는 그 지척의 두 칸짜리 집에 살아야 한다고 끝끝내 주장한다면, 이 결혼을 깨야 할지도 모른다고 처음으로 생각했다. 그렇다면 미리 들어간 예단 비용이나 현물 예단 같은 건 설령 소송을 한다 한들 돌려받을 가능성이 거의 없다고 동료 여선생들이 말했지만, 일종의 기회비용으로 생각하면 별것 아니었다. 그에게 말해야지, 하고 1학년 복도를 지나치면서 정정은 씨는 목을 흠, 흠 하고 가다듬었다.

난 도저히 거기에 살고 싶지 않아요. 지금까지 제가 많이 양보했으니 이번엔 XX 씨가 양보해줬으면 좋겠어요. 그리고 그가 저기, 하고 말을 꺼내면 이번에야말로 그의 말허리를 똑 끊을 거였다. 그리고, 절 저기라고 부르지 마세요. 기분이 내키면 양피 구두도 하나 사서, 그의 앞을 또각거리며 지나가는 거다. 앞코가 둥근, 귀여운 것으로. 정정은 씨는 가볍게 실내화 소리를 내면서 교실에서 사라졌고, 그녀의 발걸음은 의심을 타인에게 감염시킨 사람다운 만족감으로 산뜻했다. 혜린의 눈에 눈물이 비쳤단 걸 알았지만 별달리 말을 걸지 않았다. 오히려 혜린의 퉁퉁한 뺨으로 눈물이 금방이라도 흘러내릴 것 같은 것을 보며 정정은 씨는 어두컴컴한 쾌감을 느꼈다. 모두 울어라. 다 울어.

그렇게 미소 짓다가 정정은 씨는 갑자기 얼굴이 굳어졌다. 언제부터 내가 이렇게 음흉한 사람이 되었을까. 타인의 불행을 간절히 바라는 사람이 되었을까. 창문에 비친 자신의 얼굴에 드리워진 미소는 야비했다. 어느 단추부터 잘못 꿴 걸까. 캠퍼스 커플부터 하지 말았어야 하는 걸까. 사법 고시 뒷바라지를 하지 말았어야 하는 걸까. 어디부터 길을 잘못 들었기에 이렇게 음울한 즐거움을 달콤한 독약처럼 한껏 들이마시는 사람이 된 걸까. 지금 혜린에게 사과하는 것도 어색했다. 교무실로 향하며 정정은 씨는 갠지스강을 오랜만에 떠올렸다. 더 야비해지기 전에, 자신 안의 무언가를 태워 그 재를 흘려보내야 할 것 같았다. 악마는 멀리 있지 않았다. 마음의 어디가 썩었는지, 역겨운 냄새가 어디에선가 풍겨

오는 것 같아 정정은 씨는 환취를 맡고 가슴이 섬뜩해졌다. 어둠이 더 차오르기 전에, 더 짙어지기 전에, 정정은 씨는 걸음을 더 재게 놀렸다.

아웃파이터

권투를 배우러 체육관에 온 초보자들은 대부분 초짜가 해야 하는 길고 긴 줄넘기에 질려 태반이 떨어져 나가곤 했다. 하지만 영진은 줄넘기가 좋았다. 관장은 아가씨가 근성이 있다며 흐뭇해했지만, 영진이 생각하기에 정말로 근성이 있는 여자라면 남자 하나 잊겠다고 숨이 턱에 닿도록 줄을 넘고 있을 것 같진 않았다. 철 지난 유행가가 시끄럽게 울리는 체육관에서 줄을 넘다 보면 너무 지쳐 쓸데없는 생각이 나지 않는 것이 영진은 마음에 들었다. 그 남자와 헤어지고 나서 문득문득 떠오르는 건 남자의 얼굴 따위가 아니라 아주 구체적인 어떤 것들이었다. 이를테면 그가 데려간 이태원의 고급

레스토랑에서 디저트로 먹은 크렘브륄레, 옥수동 후미진 횟집의 상큼한 멸치회, 역삼동의 아는 사람만 손님으로 받는 일식집의 성게덮밥, 해외 출장을 다녀올 때마다 별것 아니라는 듯 건네도 늘 영진의 취향에 꼭 맞던 향수나 립스틱 같은 거였다. 영진은 자기가 너무 즉물적인 인간이라는 생각이 들 때마다 쌩쌩이로 줄을 넘었다. 그러면 그 생각은 점점 하얗게 되었다.

　지금 떠올려보니 그가 유부남이 아닐까 하는 의심을 해볼 수도 있었다. 하지만 영진은 대학 기간 내내 자신의 학비를 대느라 비는 시간을 온통 아르바이트로 보낸 덕분에 남자 친구는커녕 가까운 친구도 몇 되지 않았다. 그중 가장 친한 N은 늘 영진에게 남자 면역이 없다고 걱정이 태산이었다. 영진은 대수롭지 않게 여겼지만, 결국 N의 늘어지던 걱정이 적중해 영진의 첫 남자는 유부남이 되어버렸다. 그는 거래처 직원이었다. 점심 식사를 겸한 회의를 진행한 후, 합동 프로젝트가 종료되자마자 전화가 걸려왔다. "개인적으로 꼭 뵙고 싶습니다. 첫눈에 반했거든요." 면역이 없는 영진은 어쩔 줄을 몰랐지만 싫지 않았다. 나중에야 사연을 들은 N은 한숨을 쉬며 영진의 등짝을 때렸다. "그런 게 기술이야. 그런 걸 어디서 배웠겠니? 자기 와이프한테 몇 년씩 처맞아가면서 배운 거야. 그러니까 여자 심리에 도통했지. 뭘 좋아하는지, 토라질 때 어떤 이벤트를 해야 하는지, 와이프한테 배운 거 너한테 복습한 거라고." 기술, 복습, 그런 단어가 떠오를 때마다 영진은 더 세차게 쌩쌩이를 뛰었다.

N은 유부남인 줄 몰랐어? 하고 눈물을 흘리는 영진에게 다짜고짜 물었다. "주말에 만난 적 있어 없어?" 영진은 고개를 저었다. N은 영진의 등짝을 한 번 더 때렸다. "그게 제일 확실한 증거야, 이 미련퉁이야! 연락도 잘 안 됐지?" 그랬다. 영진은 주말마다 자격증 스터디로 바빴다. 부모님 댁에도 정기적으로 내려가야 했다. 남자는 늘 나야 아쉽지만 영진이 사정이 있으니 어쩔 수 없지, 하고 젠틀하게 대꾸했다. N은 펄펄 뛰었다. "그놈이야 속으로 얼마나 좋았겠어!" 자기 사정 때문에 주말에 못 만나는 줄만 알고 영진은 늘 남자에게 미안해했다. 그러면 남자는 그만큼 주중에 많이 보면 된다며 부드럽게 미소를 지었다. 그 말대로 회사가 가까워

거의 날마다 만났고 정 바쁘면 테이크아웃 커피 핑계로 1분이라도 얼굴을 봤다. 업무 관계가 얽혀 있으니 당분간 서로 회사에는 비밀로 하자는 그의 말도 영진은 어른스럽다고만 생각했다. N이 날카롭게 따졌다. "퇴근한 다음에 연락 안 된 적 없어?" 생각해보니 영진은 잘 들어갔느냐, 잘 자라, 이런 문자도 받은 적이 없었다. 영진은 처음 해보는 연애라 원래 그런가 보다 했고, 영진도 무심한 성격이라 오히려 편하다고 생각했다. N은 진저리를 쳤다. "너 그렇게 미련한 것도 병이야, 병."

영진은 쌩쌩이를 뛰던 줄을 놓고 숨을 몰아쉬었다. "무슨 줄넘기를 그렇게 미련하게 해요?" 재훈의 목소리였다. "하다 보니까⋯⋯." 영진은 이마의 땀을 닦았다. "얼음물 좀 드세요. 그러다 탈수증 걸리면 큰일 나요." 재훈이 컵을 내밀었다. 영진은 숨을 고르며 웃었다. "코치님이 너무 신경 써주시네요. 죄송하게." "죄송하긴요. 제가 좋아서 하는 건데요." 재훈이 코를 문지르며 씩 웃더니 한쪽으로 달려갔다. "이제 미트 치기 훈련할까요?" 관장이 잔소리를 했다. "재훈이 너 이 자식, 선수반 새끼가 네 운동은 안하고⋯⋯. 너 전체전에서 성

적 안 좋으면 쫓아내버릴 줄 알아." 영진은 글러브를 꼈
다. "알았어요 알았어!" 미트를 양손에 끼우며 재훈은
씩씩하게 대답했다. 고등학생인지 대학생인지는 짐작
이 가지 않았다. 선수 중 최단신이었지만 재훈은 관장
이 아끼는 선수였다. "너 인마, 라이트웰터 중에 너 같
은 땅꼬마 없는 거 알지? 리치 커버 어떻게 할 거야!"

아랑곳없이 재훈은 미트를 내밀었다. "자, 누나, 원
투! 쭉쭉 뻗으셔야 돼요." 영진은 가드를 올리고 자세
를 취했다. "스텝 제대로 밟으세요! 권투는 발로 하는
거예요!" 서툴게 뻗은 주먹이 탁, 탁, 하고 미트에 맞았
다. 더 맞는 느낌이 나도록 재훈이 미트로 영진의 글러
브를 때렸다. "중심을 노리셔야죠!" 이번에는 제대로
맞았다. "그렇죠, 더 팔을 쭉쭉!" 체육관 곳곳을 이동하
는 재훈을 따라 영진은 스텝을 밟으며 글러브를 내밀었
다. "가드 내려가요, 가드!" 영진은 어깨를 움츠리고 가
드를 올렸다. 가드, 가드는 중요했다. 그때도 면역이 없
는 바람에 가드를 금방 내려버린 게 문제였다.

사실 가드는 생각조차 하지 못했다. 신입 사원의 어

려움을 칭얼댈 때마다 그는 영진을 어른스럽게 달래주었을 뿐 아니라 적확한 조언도 아끼지 않았다. 그의 자동차로 늘 움직인 덕분에 처음으로 고급 수제화를 신어보았다. 패션지에서 그동안 구경만 하던 소위 명품이었다. 이런 구두는 지하철환승역에서 최단 거리로 갈아타기 위해 뛰는 여자가 아니라 남자가 운전하는 차 조수석에 앉는 여자들 신으라고 만들었다는 걸 영진은 그제야 깨달았다. 몰랐던 건 그뿐이 아니었다. 그가 영진을 안고서 자기 몸에 그런 게 있는지 영진이 알지도 못했던 부위마다 손가락으로 천천히 짚어가며 귓가에 일일이 찬탄하는 목소리를 들으면 부끄럽고 황홀해 무릎이 녹아내리는 것 같았다.

당연히 그는 영진의 첫 남자였다. 처음 와보는 고급스러운 호텔 방에서 바짝 긴장한 영진의 몸은 남자의 손길이 분주히 오갈 때마다 나른하게 풀렸다. 첫 경험을 치른 후, 영진은 정말로 사랑하는 사람에게 지금까지 간직해온 동정을 주었다는 생각에 눈물까지 흘렸다. 2020년대에 참으로 어울리지 않는 통속이라는 것을 알면서도, 통속의 짝꿍은 눈물이었다. 남자는 그런 영진

을 말없이 감싸 안고 입술로 눈물을 닦아주었다. 아주
쇼를 했다는 생각에 영진은 신경질적으로 주먹을 휘두
르다 그만 재훈의 얼굴을 때리고 말았다.

재훈이 늘 쓰고 있는 안경이 바닥에 떨어졌다. 영
진은 허겁지겁 안경을 주우며 민망해 어쩔 줄 몰랐다.
"코치님, 진짜 죄송해요. 어떡해……." 재훈이 안경을
벗은 얼굴은 사뭇 달랐다. 재훈은 안경을 받아 휘어진
테를 익숙하게 펴서 끼더니 씩 웃었다. 영진의 글러브
를 봐준 다음 미트를 잡고 다시 준비 자세를 취한 재훈
은 뜬금없이 허공을 쳐다보며 물었다. "근데 누나는 왜
반말 안 하세요?" 영진은 가드를 올리며 대답했다. "코
치님인데 어떻게 반말을 해요." "저 많이 어린데. 고등
학생이잖아요. 진짜 코치도 아니고요." "아 고등학생
이셨구나. 그래도 배우는 입장인데 반말하면 안 되죠."
"그럼 제가 안 가르쳐 드리면 말 놓으실 거예요?" 영진
은 고개를 흔들었다. "저 원래 그런 거 잘 못해요." 재
훈은 싱긋 웃었다. "하긴 그렇게 많이 안 어릴지도 몰
라요. 저 고3이니까, 초등학교는 같이 다녔을지도 모르
는데." 재훈이 눈을 동그랗게 떴지만 영진은 나이를 알

려줄 생각이 없었다. "모르죠, 그럴지도." 영진의 얼굴에 웃음기가 없는 걸 눈치챈 재훈은 얼른 미트를 올렸다. 영진은 원, 투, 하고 세면서 글러브를 뻗었다. 재훈이 빠르게 움직이며 미트를 좌우로 움직여 보였다. "상대도 계속 움직여요. 한가운데를 노려야죠. 똑바로 보면서! 봐야 돼요!" 후, 후, 하고 숨이 차올랐다. 영진은 팔을 뻗으면서 상대를 똑바로 보지 않았는지도 모르겠다고 생각했다.

어쩌면 그에게서 자신이 보고 싶었던 모습만 봤는지도 몰랐다. 요즘은 조숙한 중학생만 되도 다 첫 경험을 치른다는데 처음 잔 남자와 결혼해야 한다는 게 엄청나게 고리타분한 이야기라는 것 정도는 영진도 알았다. 그렇다고 첫사랑과 첫 경험을 하고 결혼에 골인하는, 그런 행복한 여자가 이 세상에 굳이 없으라는 법은 없다고 생각했다. 사실 첫사랑과 결혼해서 첫 경험을 하는 순서가 좀 더 보기 좋다는 게 마음에 걸리긴 했다. 불편한 마음을 누르고 영진은 은행이나 미용실에서 순서를 기다릴 때면 번번이 웨딩잡지를 펼치고 드레스 화보에 푹 빠졌다. 각종 웨딩드레스를 머릿속에서 한참

입어보다가 차례를 잊어버리는 일이 허다했다. 업무 시간에도 종종 해외 구매를 할 수 있는 웨딩드레스 사이트에 살짝살짝 접속했다. 그런저런 생각을 하다 보니 영진은 사귄지 한참 지난 후에도 그에게 집안 사정을 털어놓기가 쉽지 않았다.

요즘 세상에는 '혼테크'라는 말도 있다는데, 가난한 집 맏딸이라는 형편을 알고 나면 그가 저어하지 않을까, 영진은 가슴을 졸였다. 뜻밖에도 그는 동생들 학자금 대출이며 부모님 보험료까지 해서 여태껏 적금 하나 부을 여유가 없었다고 영진이 더듬더듬 털어놓았을 때도 표정 하나 변하지 않았다. 그는 사려 깊게 영진을 품에 안고 우리 애기 정말 힘들었겠다, 정말 장해, 하고 그저 위로와 격려의 말만 거듭했다. 마음이 놓인 영진은 그만 그의 품에 안겨 펑펑 울면서 화보에서 본 웨딩드레스를 입고 면사포를 쓴 자신의 모습을 상상했다.

돌이켜보면 그의 너그러운 태도는 영진의 모든 가난이 자신과는 아무 상관도 없는 일이었기 때문에 가능했다. 영진은 성급하게 주먹을 날리며 입술을 깨물었다.

말에 돈 드는 것도 아니고, 자기 일도 아니며 앞으로도 결코 안 될 것이기 때문에 그는 칭찬이든 위로든 실컷 할 수 있는 거였다. 영진은 격렬하게 주먹을 날리다 다리가 따로 놀아 스텝이 뒤엉켰다. 재훈이 주의를 주었다. "주먹만 나가요, 지금. 발로, 발로! 풋워크!" 라운드 종료를 알리는 벨이 울렸다. 재훈이 미트를 내렸다. 영진도 좀 쉴 셈으로 정수기 쪽으로 다가갔다. 물을 마시려고 글러브를 벗자 공용으로 돌려쓰는 글러브 안쪽에서 땀 냄새가 고약하게 났다. "누나." 어느새 영진의 옆에 재훈이 다가와 있었다. 관장 말대로 재훈은 키가 작았다. 백육십 센티미터가 조금 넘는 영진보다 그리 크지 않았다. "혹시 저 때문에 화나셨어요?" 영진은 피식 웃었다. "아니요, 그럴 리가요." 재훈은 눈에 띄게 기가 죽은 얼굴이었다. "제가 건방지게 군 것 같아요." 영진은 물을 단숨에 마셨다. "아니에요." "근데 표정이 안 좋으세요. 걱정돼요……." "좀 짜증나는 생각이 나서."

보통 짜증나는 생각인 게 아니었다. N이 앞으로 조심하라며 유부남들의 단골 멘트를 알려줬지만, 그는 그런 멘트조차 하지 않았다. N의 말로는 보통 처녀와 연애하다 결혼 사실을 들킨 유부남들은 열이면 열 사랑 없는 결혼이다, 각방 쓴지 몇 년이다, 애들 때문에 산다, 이혼할 테니 기다려달라, 이런 말을 되풀이한다는 거였다. 하지만 그의 대답은 그 사지선다 중 어디에도 해당되지 않았다. 영진은 인터넷의 예비 신부 카페를 검색해 몇 군데 가입했다. 결혼이라는 행사에 대강 얼마만큼 돈이 드는지, 신부 쪽에서는 뭘 준비해야 하는지 대강 알아보려던 것뿐인데 영진은 어느새 업무 중에도 몰래 인터넷 창을 클릭하고 있었다. 웨딩 사진 스튜디오, 드레스, 메이크업은 어디가 가장 괜찮을지 견적도 혼자 내보고, 얼마만큼 아끼면 최소한의 혼수와 예단 비용이 되겠다고 계산하며 영진은 독하게 백 원짜리 하나까지 따지는 가계부를 치열하게 쓰기 시작했다. 이건 너무 사치다 싶으면서도 브릴리언트컷으로 된 티파니 반지를 슬쩍 검색해보기도 했다.

급여가 이체되는 은행을 찾아가 적금통장도 만들었다. 행원이 계좌 개설 기념품으로 삼 단 우산을 건네주며 웃었다. "결혼 준비하시려고요?" 영진은 얼굴을 붉히며 대답했다. "네." 그 우산은 결국 햇빛이 쨍하다가

폭우가 내린 날 팀장에게 줘버렸다. 미안해하는 팀장에게 영진은 전 정말 괜찮아요, 하며 한사코 우산을 떠밀었다. 팀장은 그 일을 두고두고 고마워하며 영진을 칭찬하고 다녔다. 물론 부하에게 그토록 존경받는 자기 자신을 은근히 강조하는 것도 잊지 않았다. 영진은 그럴 때마다 아무 말도 하지 않았다.

영진이 스트레칭을 하자 재훈이 등허리를 눌러주었다. "앞으로 쭉 펴서, 숨을 뱃속까지 깊이 들이쉬었다가, 폐 끝까지 호흡한다는 느낌으로, 뱉으세요. 그렇죠." 후……. 영진은 깊은 숨을 내쉬었다. 다 본 스포츠신문을 접으며 관장이 거들었다. "내 속에 있는 나쁜 걸 다 뱉어낸다는 느낌으로, 후우!" 영진은 그 말대로 한 번 더 허리를 굽히고 숨을 뱉었다. 나가라 나쁜 거. 영진의 등을 누르는 재훈의 손이 미묘하게 떨리는 것 같았지만 영진은 그대로 숨을 뱉었다. 나가라, 나쁜 거.

적금통장의 잔액은 차곡차곡 쌓여가건만 그의 입에서는 도무지 결혼의 'ㄱ'자도 나오지 않았다. 애를 태우던 영진은 결국 익명으로 게시판에 글을 올리기까지 했다. 이런 걸 인터넷에 올려 남에게 해결책을 묻는 사람들을 평소 이해할 수 없었지만, 이런 자신의 모습을 보면서 뒤늦은 반성의 마음이 들었다. '남자 친구가 청혼을 안 하는데 왜 그럴까요……? 사이 평소에 너무 좋구요, 사귄지 일 년쯤 됐어요. 남자 친구는 꽉 찬 나이구요. 저는 급하진 않지만 하자면 빨리 하고 싶은데 말을 안 꺼내네요……. 왜 그런 걸까요? 다시 한번 말씀드리지만 사이는 정말 너무너무 좋구요, 이유를 모르겠어요. 남자 친구 정말 저한테 너무너무 잘해줍니다. 이 사람 절대 놓치기 싫은데 여자가 먼저 얘기 꺼내긴 좀 그럴까요? 그 사람이 저에게 청혼하게 하려면 어떻게 해야 좋을까요? 그냥 지나치시지 마시고 동생이라 생각하시면서 충고 부탁드려요…….' 댓글이 달렸다. 평소 이런 글을 봤을 때 영진이 늘 하던 생각이었다. '여기다 묻지 마시고 본인한테 물어보세요. 그게 제일 빠릅니다.' 영진은 글을 삭제했다. 라운드 시작종이 울리자 재훈이 다가와 줄넘기를 하라고 일렀다. 줄넘기 따위는 이제 문제없다고 생각했는데 발이 꼬였다. 그날도 마찬가지였다. 한 번도 문제가 될 거라고 생각해보지 못한 것이 문제였다.

그에게서 전화가 걸려왔다. 들뜬 목소리였다. 웨이팅 리스트에 이름 걸어놓고 기다리기만 한두 달이 보통이라는 레스토랑에 그날 저녁 예약을 잡았다는 거였다. 영진은 어쩐지 그날이 특별한 날이 될 거라는 예감이 들었다. 결국 특별한 날이 되긴 되었다. 입사 이후 처음으로 영진은 거짓말을 하고 야근을 빼먹었다. 총알같이 집으로 달려가 평소보다 몇 배나 정성들여 화장을 한 다음, 아껴두었던 새 구두를 꺼내 신었다. 드라마에서 나 본, 단 한 테이블만을 위한 레스토랑에 들어서자 영진은 공주라도 된 기분이었다. 웨이터를 손짓으로 제치고 그가 빼준 의자에 앉아 와인 잔을 우아하게 기울일 때까지만 해도 그 기분은 여전했다. 자신이 선물한 스와로브스키 귀걸이가 영진의 귀에서 호화로운 크리스털 샹들리에 불빛에 반짝이는 광경을 보며 그는 흐뭇한 미소를 지었다. 영진은 그 미소에 기운을 얻어 말을 꺼냈다.

"저기요, 오빠." "응?" "말하기가 좀 어려운데요." "우리가 못할 얘기가 어디 있어. 다른 남자 생겼단 이야기만 빼고 다 해도 돼." 그가 장난스럽게 웃었다. "내가 그럴 리가 있어요?" 영진은 수줍게 웃었다. 와인을 한 모금 더 마신 다음 영진은 용기를 마저 짜냈다. "나랑 결혼하고 싶단 생각은 안 하세요?" 그의 눈동자가 커졌다. 영진은 심장이 너무 두근거려 손으로 쇄골을 꼭 눌렀다. 하지만 그의 입에서 나온 대답은 영진이 생각했던 경우의 수 중 어느 것에도 해당되지 않았다. "나 유부인 거, 정말 몰랐어? 대충 눈치 챈 거 아니었어? 자기가 워낙 쿨하길래, 나는 아는 줄만 알았는데……. 나 페이스북에 기혼이라고 되어 있잖아. 그거 못 봤어?"

　　그는 진심으로 의아하다는 표정이었다. 의아하다 못해 황당하다는 듯 보였다. 영진은 페이스북을 하지 않았다. 모든 사람이 페이스북을 한다고 이 남자는 생각하고 있는 건가? 영진은 손이 떨리다 못해 말까지 덜덜 떨려 나왔다. "쿨, 쿨하다니, 뭐가……?" "나 집에 가면 연락 안 되고, 주말에도 못 보잖아. 페북에 와이프 사진도 올렸는데. 나는 그런 거 다 알고 이해하는 줄만 알았지. 오해했다면 미안. 식사 계속할까?" 마치 지하철에서 실수로 남의 발을 밟고 사과하는 것 같은 태도였다. 시선 둘 데가 없어 영진은 와인 잔에 묻은 자신의 립스틱 자국만 하염없이 바라보았다. 저번 출장 때 그가 사다 준 마음에 꼭 드는 빛깔의 립스틱이었다. 그는 이름 때문에 샀어, 하며 웃어 보였었다. 립스틱의 모델명은 '러블리 엔젤'이었다. 하지만 이제 영진은 러블리하지도 않았고 천사도 아니었다. 사실 원래 그렇지도 않았던 건데, 바보, 바보, 영진은 숨을 가다듬으며 천장의 샹들리에를 눈이 아프도록 노려보았다. 그토록 번쩍거리던 샹들리에는 바깥쪽 몇 개만 크리스털이고 안쪽은 대부분 투명한 플라스틱이었다. 하, 영진은 자기도 모르게 웃음이 나왔다. 갑자기 엄마가 침까지 튀도록 욕을 하면서도 꼬박꼬박 챙겨 보던 아침드라마에 자주 나오던 대사가 떠올랐다. 내연녀, 불륜녀. 뻔하고 더러웠다.

갑자기 네모난 브라운관에 갇힌 기분이었다. 브라운관의 네 가장자리가 점점 좁아져 들어오는 것 같아, 영진은 숨이 콱 막혔다. 테이블에 놓인 은제 커트러리 세트 중 나이프를 집어 말없이 와인을 마시고 있는 그의 가슴이라도 푹 찌르고 싶었다. 그 자리에 더 있으면 정말 그럴 것만 같아 영진은 벌떡 일어났다. 허겁지겁 문을 열고 뛰쳐나가는데 그의 목소리가 들려왔다. "여기 브랜디 있나?" 브랜디 좋아하네, 영진은 입술을 깨물었다. 손등으로 입술을 문지르자 '러블리 엔젤'이 핏방울과 같이 묻어났다. 지하철역으로 뛰다 말고 결국 영진은 뒤꿈치가 쓰라린 것을 참지 못하고 새 구두를 벗어 손에 들었다. 구두 안쪽에도 피가 묻어 있었다. 결국 영진은 그놈의 가계부 쓴답시고 아끼고 또 아끼느라 생전 안 타 본 택시를 잡았다. 차문을 닫자 눈물이 터져 나왔다. 영진은 휴지로 눈을 거칠게 문질렀다. 티슈에 묻어난 마스카라 찌꺼기가 죽은 날파리 같았다. 휴지로 눈을 틀어막은 채 엉엉 울면서 다른 손으로 휴대폰을 열어 그의 번호를 지웠다.

이후 몇 날 며칠 자다가도 벌떡 깨는 날이 계속되었다. 나중에는 아예 잠이 오지도 않아 며칠 가슴을 치면서 뜬눈으로 보낸 뒤 가정의학과를 찾아가 수면제를 받았다. 젊은 의사는 머뭇거리며 말했다. "그…… 물론 손님이 그럴 분은 아니겠지마는, 이 약은 한 번에 이틀 치 이상 원래 처방이 안 됩니다. 요즘 의료 단속이 심해져서." "무슨 단속이오?" "그…… 저…… 강동구 쪽에서 단란 주점 아가씨들이 손님 술에다 수면제를 넣어서 잠든 틈에 현금이랑 뭘 절도했다나, 그랬다더라고요……." 의사는 뒷머리를 긁었다. 영진은 쓰게 웃었다. "저 그런 사람 아니에요." 내연녀긴 하지만요. 영진은 속으로만 말했다. 문턱이 닳도록 약 때문에 가정의학과를 드나들자 의사는 정신과에 가볼 것을 권했다. "혹시 최근에 큰 충격을 받은 일이 있으면, 정신적으로 문제가 없는 분이라도 일시적 수면장애를 겪는 일 정도는 흔합니다. 상담 치료를 받아보시죠."

영진은 고개를 가로젓기만 했다. 아무리 의사라 해도 너무 창피해서 털어놓을 마음이 생기지 않았다. 그렇지만 억울하고 애통한 마음은 가시질 않았다. 영진은 어디서 들어본 '혼인빙자간음죄'라는 말을 떠올려보았다. 그렇지만 바로 '간음'이라는 단어의 어감만으로도 몸서리치게 끔찍해서 한 번 검색해본 것만으로 깨끗하게 포기했다. 울분이 치솟을 때마다 그의 회사에, 그의 집에 있을 와이프에게 확 알릴까, 자다가 벌떡벌떡 일어나서 별별 생각을 다 했지만 그때마다 그 두 단어가 영진의 양쪽 귀에 번갈아 울렸다. 내연녀, 불륜녀. 그렇게 불리느니 차라리 없었던 일로 치는 게 속 편했다.

물론 그렇다고 없어지는 일이 되는 건 아니었다. 영진은 보름 정도 눈이 퉁퉁 부어 출근했다. 하도 분위기가 안 좋으니 회사 사람들이 뭐라 묻지도 않았다. 화장실에서 우는 게 습관이 되어 가끔은 정말로 똥이 마려워 변기에 앉았다가도 당연하다는 듯 똥 대신 눈물만 나올 때도 있었다. 유부남한테 홀랑 속은 처녀라니, 스스로 생각해도 너무 뻔하고 한심한 사연에 더 눈물이 났다. 그와 같이 보내던 밤 시간에 할 일도 없고 집에 가서 혼자 있기도 싫어 영진은 사무실에 붙박이로 앉아 있었다. 주말에 성실하게 해오던 스터디도 도저히 나갈 기운이 없어 무책임하게 팽개쳤다. 영진답지 않다며 팀원들이 전화를 걸어왔지만 그냥 끊어버렸다.

영진은 스터디 대신 주말에도 사무실에 나와 멍하니 앉아 있었다. 글자도 눈에 들어오지 않는 책을 아무거나 뒤적이다 힘없이 인터넷 고스톱이나 치는 게 다였지만 우산을 받았던 팀장은 그저 기특하게 여겼다. 마침내 영진은 매일 아침 이부자리를 개켰다 저녁에 도로 펴는 일도 포기했다. 이불로 작은 굴을 만들어놓고, 퇴근하자마자 그 속으로 파고들었다. 노트북과 감자칩, 맥주만 굴속에 들여놓았다. 재미가 있는 것부터 없는 것까지 백 편도 넘는 미국 드라마를 섭렵했다. 단, 사랑 이야기는 지나가는 에피소드라도 절대 보지 않았다. 그런 게 나오면 그날은 속이 뒤틀려 꼭 변기를 붙잡고 토하고야 말았다. 입가를 닦으며 스스로도 어지간하다고, 지긋지긋하다고 고개를 흔들며 결국 영진은 시체의 사지를 절단하고 산 사람도 토막 내는 연쇄 살인마가 나오는 드라마만 골라 보기로 했다.

"이번엔 샌드백 쳐요." 재훈이 글러브를 가져왔다. "이건 좀 깨끗한 거예요. 여자분인데 아무래도 땀 냄새가 좀 그렇죠?" 자기 잘못이라도 되는 듯 재훈은 미안하다는 표정을 지었다. "괜찮아요, 코치님. 고맙습니다." 영진은 깍듯하게 인사한 후 글러브를 꼈다. "오래 하실 거면 자기 글러브 장만하시는 것도 괜찮아요. 저는 뭐 제 글러브도 냄새 못 참겠긴 한데……." 재훈은 혀를 쏙 내밀었다가 웃었다. 그럴 때면 재훈도 좀 어려

보였다. 넥타이까지 갖춰 매는 신사 정장 타입의 교복을 입은 재훈은 사실 좀 겉늙어서 고등학생이라기보단 영락없는 자동차 대리점의 판촉 사원 같았다. 샌드백은 폼을 잘 볼 수 있도록 아예 거울로 된 벽면 앞 천장에 매달려 있었다. 재훈은 흘깃 거울에 비친 자신과 영진을 보더니 변명하듯 말했다. "제가 삭은 건요, 너무 맞아서 그런 거예요." 몹시 억울한 눈치였다. 영진은 자기도 모르게 풋, 하고 웃었다. 영진이 웃자 재훈의 얼굴이 환해졌다.

"그런데요, 권투는 많이 맞아야 늘어요." 영진은 가드 자세를 취하며 대답했다. "얼마나 맞아야 되는데요?" 재훈은 샌드백을 잡았다. 영진 같은 초보자는 샌드백의 중심을 노리는 요령을 몰라서 누군가 잡아줘야 했다. 정식 코치나 관장이 잡아주려 해도 재훈은 영진이 샌드백 앞에 선 걸 보면 멀리서도 총알같이 달려와 기어코 자기가 잡으려다 가끔 관장에게 쥐어박히곤 했다. "사실 맞을수록 는다고 봐야죠." 재훈의 말에 영진이 스텝을 밟으며 대꾸했다. "그럼 안 할래요. 맞기 싫어요." 재훈은 잠깐 킥킥거리더니 샌드백을 제대로 붙들었다. "자, 힘 있게 치세요. 허리를 확실히 돌리세요. 허리 힘으로, 허리 힘! 투에 확실히 허리 트세요!"

영진은 그 말대로 하려고 애썼다. "방금 느껴지시죠? 허리를 트시니까 제대로 맞는 거예요." 과연 샌드백에서 팍, 팍이 아니라 투웅, 하고 무게 있는 소리가 났다. 재훈은 샌드백을 잡은 채 말했다. "맞기 싫어서 권투 안 하시면 어떡해요. 이왕 왔는데. 다른 방법을 쓰시면 되잖아요." "뭔데요?" "안 맞으면 되죠." "맞을수록 는다면서요." "잠깐만요." 재훈은 샌드백을 놓고 영진과 나란히 섰다. 재훈은 뒤쪽에서 영진의 양 손목을 잡고 가드 자세를 취했다가 원, 투에서 오른손을 내밀 때 허리를 트는 각도를 해 보였다. "이 정도 각도로 트시는 거예요. 뒷발로 확실하게 스텝을 밟아야 펀치가 완성이 되거든요. 원, 투, 원, 투. 자, 방금처럼." 재훈은 영진이 팔을 뻗는 동안 제자리로 돌아가다 말고 뒤로 묶어 목 덜미로 흘러내린 영진의 잔머리를 훔쳐봤다. 재훈은 망설이다 주위를 보더니 번개같이 아주 살짝, 머리카락을 만져보고는 얼른 손을 거두었다.

순간이었지만 영진은 거울에 비친 그 모습을 보았다. 그리 불쾌하진 않아서 그냥 모른 척했다. 재훈은 목덜미가 시뻘게져서 도로 샌드백을 붙들었다. "안, 안 맞고 하는 방법이 뭐냐 하면요." 영진은 재훈이 말을 더듬는 바람에 속으로 웃었지만 태연하게 원, 투를 거듭했다. "아웃파이터가 되시면 되죠." "아웃파이터요? 그게 뭔데요?" "권투선수는 두 종류가 있어요. 인파이터랑 아웃파이터. 간단하게 말하면, 인파이터는 무조건 들이대는 애들, 저 같은 경우에는 키가 작아서 팔도 짧으니까 펀치 범위가 좁잖아요. 그러니까 때리려면 가까이 가야 돼요. 가까이 가려면 많이 맞아야죠. 맞으면서라도 가까이 갈 수밖에 없어요. 그러니까 맷집을 키울 수밖에 없는 거죠. 그래서 관장님이 보디블로 버티도록 복근 훈련 하라고 잔소리를……." 관장이 크게 소리쳤다. "재훈이 이 새끼, 너 지금 이러고 있는 시간에도 복근 단련 해야 돼! 하기 싫으면 이리 와 봐! 내가 실컷 맷집 키워 줄 테니까!" "전체전 우승을 하면 될 거 아니에요! 우승하면!" 재훈은 카랑카랑하게 대꾸했다. "저 새끼 봐라……." 관장은 화난 척하면서 웃었다. 영진도 같이 웃었다. "우승 못하면 어쩌려고요." "저 꼭 우승해야 돼요. 그럴 이유가 있어요."

　재훈이 자못 의미심장하게 말했지만, 영진은 뭐냐고 묻지 않고 계속 샌드백을 때렸다. 별 관심도 없는 데다 주먹이 제대로 맞은 느낌을 잊기 전에 얼른 몸에 익혀 두고 싶었다. "아주 좋아요, 그렇게 치세요. 정말 열받는 사람이 있다, 그러면 샌드백에 그 사람 얼굴을 떠올려요. 그리고 그 사람을 때리세요. 막 패세요." 영진은 이를 악물었다. 팀장이 내일까지 마치라고 신신당부한 파워포인트 작업을 하느라 밤을 새우던 중 무심코 발신자를 확인 않고 전화를 받았었다. 그였다. 마치 어제 만난 사람 같은 말투였다. "잘 지내? 왜 문자에 대답도 안 하니?" "……." "언제 시간 내서 밥이나 먹자." 몇 초쯤 기가 막혀 말이 안 나오다가 영진은 겨우 목소리를 쥐어짜냈다. "제가 왜 과장님이랑 밥을 먹습니까?" "나 너 보고 싶은데. 그냥 만나서 차 마시고, 영화 보고, 한잔하고, 뭐 그런 사이로 편하게 지낼 수 없을까?" "지금 그게 진짜 저랑 가능할 거라고 생각하시고 이런 말씀을 하시는 거예요?" "네가 몰라서 그렇지, 그렇게 사는 사람들 생각보다 많아."

영진은 말없이 전화를 끊었다. 정말 그렇게 사는 사람들이 많을까? 떨리는 손으로 그의 번호를 수신 거부로 등록했다. 진작 그랬어야 한다고, 영진은 바보 같은 자신을 탓했다. 여전히 목덜미가 시뻘건 채로 샌드백을 잡고 있던 재훈이 조그맣게 말했다. "근데요, 누나……." "네?" "처음 오셨을 때도 진짜 예쁘셨는데요, 요즘 더 예뻐지신 것 같아요." "그래요? 고마워요." 영진은 웃었다. 오늘 두 번째로 받는 칭찬이었다. 권투가 효과가 있긴 있는 모양이었다.

실은 그 어이없는 전화를 받은 며칠 후, 출근하려고 평소 자주 입는 스커트를 입는데 낙낙하던 지퍼가 올라가질 않았었다. 깜짝 놀라 보니 옆구리에 살이 물컹하게 잡혔다. 할 수 없이 영진은 옷핀으로 스커트를 대강 고정한 다음 길고 헐렁한 블라우스로 옆구리를 가렸다. 하루 종일 기분이 나빴다. 하필 택배 심부름을 하러 외부에 나왔다가 자기 회사 사람들과 함께 있는 그를 마주치고 말았다. 영진의 자격지심인지는 몰라도, 옛 애인의 펑퍼짐하고 푸석한 꼴을 뚫어져라 쳐다보는 그의 눈빛에는 안됐다는 표정이 역력했다. 화가 머리끝까지 뻗친 영진은 식식대며 맥주와 감자칩을 모두 내다 버리고, 전봇대에 붙어 있는 전단에서 본 권투 체육관을 찾아갔다.

정말 살이 빠지느냐고 영진이 간절하게 묻자 관장은 주 5일 나와도 살이 안 빠지거든 환불해주마고 대답했다. 그 대답이 하도 시원해서 영진은 그 남자가 선물했던 코트를 인터넷카페에서 팔아 입관비와 등록비를 냈다. 해보니 과연 살이 빠질 만도 했다. 줄넘기를 첫날부터 18라운드나 시켜서 다음 날 종아리에 알이 뱄다. 구두를 신거나 의자에 앉다가도 아이구 아이구야, 하고 할머니 같은 소리를 내는 바람에 영진은 하루 종일 회사 사람들의 웃음거리가 되었다. 그래도 정신없이 뛰다 보면 너무 예뻐 우리 예쁜이, 하고 속삭이던 그의 목소리가 줄이 바닥을 치는 소리에 묻혀 들리지 않았다. 그래도 생각이 날 때면 번번이 발이 줄에 걸렸다. 그럴 때를 어떻게 아는지 관장은 그때마다 다가와 주의를 주었다. "우리가 줄넘기를 그냥 시키는 게 아니에요. 이게 꿘투(관장은 권투는 꿘투, 원투는 꼭 완투라고 발음했

다)에서 풋워크의 기본입니다. 더 재빠르게 뛰세요. 어
허, 더 빠르게! 발은 낮게 두시고, 그렇지." 석 달쯤 지
나자 한 사이즈 작은 청바지가 꼭 맞게 되었다.

오늘 아침에도 그 청바지 위에 슬림한 디자인의 재
킷까지 입고 출근했다. 점심 식사를 하다 말고 경리 여
직원이 은근하게 물었다. "영진 씨, 요새 예뻐진 거 같
아. 연애하지? 그런 거지?" 영진은 겸연쩍게 웃기만 했
다. 그 옆에 앉은 여직원도 물고 있던 숟가락을 입에서
빼고는 끼어들었다. "안 그래도 나도 물어보려고 그랬
어. 자기 연애하지?" "아유, 아니에요. 왜요?" "요즘 예
뻐졌어. 피부 봐, 완전 좋아졌어. 자기 살도 빠졌지?"
"네." "몇 킬로? 한 오륙 킬로 빠졌어? 너무 날씬해졌잖
아." "아니요, 한 이 킬로 되나. 운동으로 뺐더니 좀 많
이 빠져 보이는 거 같아요." "무슨 운동? 헬스? 요가?"
"아뇨, 복싱……." "어머 진짜? 자기 정말 대단하다! 하
긴 연예인들도 요즘 많이 하더라. 땀을 쫙 빼주니까 피
부가 좋아지나 봐. 나도 한번 해볼까?" "생각만큼 그렇
게 힘들진 않아요. 이쪽 동네에도 체육관이 있는데요,
어디냐 하면……."

점심시간 내내 여직원들에게 복싱 전도사 노릇을 하느라 밥을 제대로 못 먹었지만 배가 불렀다. 영진은 콤팩트를 꺼내 파우더를 두드리며 제 얼굴을 유심히 보았다. 화장도 확실히 잘 먹었고, 볼살이 착 올라붙어 얼굴도 한결 작아 보였다. 사무실로 돌아가는 길에 식사하러 나온 거래처 사람들을 마주쳤다. 마침 그 남자도 있었다. 다들 인사하는 틈에 영진도 대강 목례했다. 그 남자도 이쪽 일행에게 일상적인 안부를 물었지만 시선만은 영진에게 꽂혀 떨어질 줄을 몰랐다. 이번에는 눈빛에 아까워 죽겠다는 빛이 역력했다. 영진은 도도하게 허리를 펴고 또각또각 사무실로 돌아갔다. 업무도 술술 풀려 외부 업체와 미팅을 끝낸 후 퇴근하자마자 바로 체육관으로 온 거였다.

재훈의 얼굴에서 홍조가 가시질 않았다. "근데요, 누나……." 이제 샌드백 때리는 요령을 좀 알 것 같아 더 빨리 스텝을 뛰며 영진은 건성으로 대답했다. "네?" "남자요……. 어떤 스타일 좋아하세요?" 영진은 원, 투, 원, 투, 하고 샌드백에 주먹을 꽂으며 대꾸했다. "결혼

안 한 사람." 재훈은 조그맣게 말했다. "저도 결혼 안 했는데." 옆구리 근육이 결렸다. 영진은 말을 돌렸다. "아 참, 안 맞고 권투하는 법이 뭐예요?" "아, 그거. 아까 어디까지 제가 말씀드렸어요?" "인파이터. 무조건 들이대는 애들." "아 맞다. 인파이터 말고는 아웃파이터가 있어요. 음…… 간단히 설명하면, 빙글빙글 돌면서 간 보는 애들." 간이라, 간. 간 보는 애들이란 말이지, 하고 영진은 생각하며 샌드백을 힘껏 때렸다. 그놈의 간. 재훈의 말대로 얼굴을 떠올린 게 효과가 있었는지 이번에는 샌드백에 정통으로 꽂혔다.

"누나 나이스! 아, 무하마드 알리 있죠?" "나비처럼 날아서 벌처럼 쏜다?" "네! 잘 아시네요, 그 사람이 대표적인 아웃파이터예요. 아웃파이터의 기본이 뭐냐면, 될 수 있는 한 적게 맞는 거예요. 권투니까 물론 아예 안 맞을 수는 없어요. 대신, 될 수 있는 한 적게 맞는 거죠. 그러면서 상대가 나댈 때 슬슬 돌면서 상대 체력을 소진시키고, 이때다 싶을 때 날카로운 한 방을 날리는 거예요." 라운드 종료 벨이 울렸다. 관장이 소리쳤다. "재훈이 이리 와! 글러브 끼고!" "네!" 영진도 오늘은 운동을 이만하기로 하고 글러브를 벗었다. 재훈은 가다 말고 도로 참견했다. "누나 스트레칭, 아시죠? 운동한 다음이 더 중요해요." "네, 고마워요."

땀을 실컷 빼고 나니 영진은 기분이 한층 더 가뿐했다. 샤워까지 했더니 날아갈 것 같았다. 집에 가면 오늘부터 복근 단련이라도 해볼까 싶었다. 내일은 재훈에게 복근 단련하는 방법을 물어보겠다고 영진은 결심했다. 생각해보니, 지금까지 맷집이 너무 없이 살았다. 체육관 바깥 공기가 상쾌했다. "누나!" 재훈의 목소리가 들렸다. 허겁지겁 달려온 재훈이 숨을 몰아쉬고 있었다. 영진은 고개를 갸우뚱했다. "제가 뭐 놓고 갔어요?" "아뇨, 그게 아니고……. 헉, 헉, 아이고. 관장님 모르게 나와서 짧게 말씀드려야겠다……." "뭔데요?" "누나 페북이나 인스타그램 안 하세요? 페친이나 인친하면 안 돼요?" 영진은 픽 웃었다. "나 그런 거 안 하는데, 왜?" "아 지금 말씀드리기 좀 그런데……."

"그러면 나중에 하세요." 영진은 핸드백을 고쳐 멨다. 재훈이 펄쩍 뛰었다. "아니 아니, 지금 말씀드릴래요. 나중에 못 할 것 같아요." 재훈은 침을 꿀꺽 삼켰다. 목젖이 크게 움직였다. "저, 이번에 전체전 나가요." "네, 알아요, 열심히 하세요." "저기…… 그래서…… 음……." 영진은 재훈을 빤히 쳐다봤다. 그 시선에 재훈은 어쩔 줄 모르고 몸을 비비 꼬다 운동화로 바닥을 문지르다 하늘을 쳐다봤다. 관장의 우렁찬 목소리가 자동차 지나가는 소음을 뚫고 들려왔다. "재훈이 이놈의 새끼 얼른 안 튀어 와!" 재훈은 발을 동동 굴렀다. "제가 이번에 꼭 우승해야 된다고 그랬잖아요? 그런 이유가 생겼다고……. 누나, 그게 뭐냐 하면요……. 사실은 제가 누나를……."

영진은 살짝 웃고는 재훈의 말을 막았다. "안 들을래요." "왜요? 들으시면 안 돼요?" 재훈은 당황한 표정이었다. 영진은 짧게 대답했다. "내가 면역이 없어서요." "면, 면역이요?" 영진은 재훈을 그대로 남겨 두고 돌아서며 웃었다. "그런 게 있어요. 열심히 해요." 영진은 뒤돌아보지 않았다. 아까 재훈은 투에 뒷발을 확실하게 틀라고 했다. 다음번에는 더 정확히 샌드백을 때릴 수 있을 것 같았다. 꼭 맞아야 하는 주먹은 맞되, 그 이외

에 쓸데없는 펀치는 전혀 맞지 않는 게 아웃파이터. 한
번은 맞아야 했던 거라고 생각하기로 했다. 맞지 않고
서는 권투란 스포츠는 성립하지 않으니까. 영진은 혼자
원투, 하고 중얼거리며 허리를 틀었다.

공동생활

1. 처음엔 김병권

김병권은 좋은 남자였다. 주위 사람들도 그렇게 생각했고, 스스로도 그렇게 믿었다. 언제 어디에서 무엇을 하든, 그는 자신의 어린 딸이 지켜보고 있다고 생각하고 모든 일에 임했다. 사실 분명히 좋은 사윗감이었다. 전문대학 중퇴라는 학력은 얼핏 부족한 듯도 싶었지만 어차피 윤정화 역시 재입학이 확실하지 않은 무한정의 휴학 상태였으므로 그가 생각하기에 그녀와 자신은 피차 넘치지도 모자라지도 않았다. 게다가 김병권은 술이나 담배, 다른 오락에 심취하지도 않았으며 큰 키와 서

글서글한 눈매의 남자다운 외모도 갖추고 있었다. 그런 남성적 풍모에 어울리지 않는 싹싹함과 사근사근함까지 갖추고 있었으므로, 그녀의 가족에게도 사위는 백년손님이라는 옛말이 민망할 만큼 친아들처럼 굴 자신도 열의도 얼마든지 있었다. 그런데 지금 딸과 함께 살고 있으니 그녀의 부모에게는 실질적인 사위가 분명한데도 그런 인정은 한 번도 공식적이건 비공식적이건 받지를 못한 게 영 속이 불편했다. 일단 그녀의 부모를 만나야 인정을 받든 내침을 당하든 결판이 날 텐데, 윤정화는 김병권으로 하여금 제 부모를 만나게 하려는 생각이 요만큼도 없는 것 같았다.

지방 소도시 외곽에 있는 그녀의 집은 가려고 마음만 먹으면 하루에 다녀올 수 있는 거리인데도, 식구가 많지도 않은 그 집에는 왜 그렇게 일이 많은지, 그녀에게서는 비 온 뒤 잡초 자라듯 끊임없이 핑계가 피어났다. 시골에 소 잡으러 가신대, 작은아버지가 장로 장립을 받으신다지 뭐야, 할머니가 뇌졸중으로 쓰러지셨나 봐, 큰고모가 가슴에 종양이 생겼다는데 어쩌면 좋아, 지금 돼지콜레라가 돌아서 비상이래……

때때로 돼지는 조류독감에 감염되기도 했고, 종양 때문에 젖가슴을 두 쪽 다 잘라냈다던 큰고모는 또 종양이 생겨 또 뭘 들어냈다고도 했고, 두 마리밖에 없다는 소를 한 달에 다섯 번씩 잡기도 했으며 마을 교회의 장로가 된 작은아버지는 그가 기억하기로 그 직위를 분명 서너 번 정도는 받았다. 그래도 김병권은 단 한 번도 토를 달지 않았다. 그 이유 중 첫째는 그가 좋은 남자였기 때문이었고, 두 번째는 어떤 일이 있어도 윤정화를 잃고 싶지 않았기 때문이었다.

그러나 이번에야말로 김병권은 참을 수가 없었다. 그에게도 한계라는 것이 있었다. 물론 윤정화가 자신과 사는 데 백 퍼센트 만족하고 있지는 않다는 것 정도는 그도 일찌감치 눈치채고 있었다. 보증금 이천만 원에 월 이십오만 원을 내는 반지하의 방 두 개짜리 집은 동네와 가격에 걸맞게 넓지도 깨끗하지도 않았다. 그래도 욕실과 부엌 겸 거실이 버젓이 있고 윤정화가 책을 읽거나 인터넷을 하고 화장을 할 수 있게 자기 방을 가질 수 있도록 방이 두 개 있는 집을 구하려면 서울 시내에서 그 돈으로는 어림도 없었으니 운이 좋은 거였다. 몇 년 후 재개발이 확정된 가파른 언덕길에 자리 잡은 오래된 다가구주택이었으므로 그 돈에 머무를 수 있었지만, 윤정화는 매일 올라 다니면서도 여기에 오르락내리락하는 것에 매일 새롭게 질색을 했다.

그래서 되도록 언덕을 오르내리지 않기 위해 그녀는 거의 밖에 나가지 않았고, 자신이 일하지 않는 이유는 모두가 다리에 알이 밴 무 다리를 양산하는 이 망할 놈의 급경사 언덕 때문이니 돈을 좀 더 내더라도 아랫동네로 내려가자고 매일 졸랐다. 하지만 김병권으로서는 매달 내야 하는 이십오만 원의 월세도 너무나 아까웠다. 수도세나 전기료 같은 공과금만 해도 최소 오만 원씩은 들어가니 한 달에 삼십만 원 정도가 단지 지붕 밑에 있다는 이유만으로 고스란히 지출되는 셈이었다. 하긴 이 집에 들어오기 전에 그는 옥외 화장실이 달린 천삼백만 원짜리 전세 옥탑방에서도 아주 만족하며 지냈었다. 그러나 절약이 몸에 밴 그가 굳이 계약만료 전에 방을 내놓고 생돈으로 복비까지 내며 이곳으로 이사한 이유는 그녀가 절대로 한 칸짜리 방에서는 그와 살지 않겠다고 했기 때문이었다.

　물론 조금 특별한 한 칸짜리 방이라면 사정이 달랐다. 전망, 소위 '뷰'가 좋은 복층오피스텔 같은 곳이라면 방이 하나라도 좋다고 했다. 계단을 올라가 위층을 자기 공간으로 쓰면 충분하다고 윤정화는 말했다. 그렇지만 윤정화가 살고 싶어 하는 기본으로 천만 원에 월세 육십, 관리비 십여만 원을 내야 하는 그런 곳은 도저히 김병권이 감당할 수 없었기 때문에 그는 그때 딱 한 번, 단호하게 그녀에게 고개를 저었다. 속으로 그녀가 휙 돌아서서 가버리지 않을까 벌벌 떨었지만 윤정화는 부동산을 나와 가랑비가 떨어지는 처마 밑에 서서 입술을 삐죽거리면서 하늘을 봤다 땅바닥을 봤다 하더니 PVC 소재로 된 여행 가방을 질질 끌고 못 이기는 척 신경질을 내며 그의 뒤를 졸졸 따라왔다. 그는 부피에 비해 속이 빈약했던 그 가방을 빼앗아 들며 윤정화에게 씩 웃어 보였다. 몇 달이 지난 후에야 그는 사실 그때 정화가 갈 데가 없었구나, 하고 깨달았지만 그들의 관계에서 우위는 이미 철저히 그녀의 몫이었다.

아버지가 잡고 또 잡아도 증식되는 소와 온전한 젖가슴을 가진 고모가 있는 안온한 고향으로 돌아갈 의향 따위가 그녀에게 전혀 없었다는 걸 진작 알았더라면 김병권의 생활은 지금과는 좀 달랐을지도 몰랐지만, 모든 일에는 때가 있는 법이었고 한 번 놓친 때는 두 번 다시 돌아오지 않았다. 윤정화에 관한 한 김병권은 거의 모든 것에 대해 완전히 때를 놓치고 있었다.

지금까지 김병권이 알고 있는 세계는 단순했다. 단순할 뿐 아니라 평화로웠다. 특성화고, 그러니까 공고에서 전자과를 공부하고 전문대학에 진학했다가, 쏠쏠한 자격증은 고등학교에서 싹 따놓은 데다 배우는 것들도 딱히 다를 게 없다는 생각에 등록금만 아까웠다. 그때 적당히 가까운 고등학교 선배가 자신이 하는 전자제품 수리점에서 일하기를 권했고 마침 군 입대 전 심심하던 차에 돈이나 벌리라 하고 하루 이틀 출근해본 후, 이 일이 자기 적성에 맞는 걸 그는 알게 되었다. 제시간에 출근해서 수리 견적서와 방문 요청서를 살펴보고, 다른 기사들과 일을 나눠서 작은 승합차나 오토바이에 장비를 싣고 가정마다 방문해 수리 작업을 했다. 만약 부품

이 없거나 해 그 자리에서 끝낼 수 없는 일이라면 몰고
간 탈것에 실어 수리점으로 가져와 고치고 도로 가져다
줬다.

뭔가가 고장 나면 모두가 협동해서 고치고 그에 상응
하는 돈을 받았다. 단지 그것뿐, 평온한 날들이었다. 전
자제품의 고장은 대체로 애매한 구석이 없었기 때문에
끈기와 집중력이 있으면 거의 다 원인을 알아낼 수 있
었다. 군대에 가서도 통신병으로 일하면서 각종 수리를
맡아 하느라 그간 솜씨가 녹슬지 않았고 일도 잘했으므
로 고참들도 그를 예뻐했다. 수리점을 운영하는 선배는
그가 휴가를 나올 때마다 삼겹살과 소주 먹이는 것을
잊지 않았다. 말년휴가 때는 부모님께 과일이라도 사들
고 가라며 얇은 봉투를 하나 쥐어준 후 며칠 쉬고 출근
하라고 했다.

그는 그 말대로 했고, 그렇게 몇 년이 흘렀다. 볼트,
너트, 전선과 드라이버가 얽힌 세계에서 그의 시간은
평온하게 흘러갔다. 그러다가 윤정화를 만나게 되었다.
윤정화는 지금까지 김병권이 알고 있던 세계의 생명체

중 가장 복잡한 존재였다. 그를 가장 매혹시키는 점이 그 점이었고, 그를 가장 고통스럽게 하는 점 역시 그 점이었다. 김병권으로서는 윤정화를 구성하고 있는 볼트와 너트, 전선과 동력이 무엇인지 짐작조차 할 수 없었다. 도무지 알 수 없는 그 부품들이 망가지지 않도록 김병권은 윤정화를 가장 섬세한 전자기기를 다루듯 조심해서 다루어왔다. 그러나 그것들이 망가지든 말든, 오늘만은 상관없었다. 왼손으로 그녀의 푸석한 머리채를 휘어잡은 그는 오른손으로 윤정화의 턱을 정통으로 때렸다. 쓰러진 그녀의 푹신푹신한 살집을 연신 발로 찼다. 포대 자루를 치는 것처럼 둔탁한 소리가 났다. 그는 끝내 울부짖었다. 이 개 같은 년아, 죽어버려. 이 좆같은 년아.

2. 다음엔 윤정화

윤정화는 자신이 나쁜 여자, 아니 나쁜 년이라고는 생각하지 않았다. 그저 어울리지 않는 곳에 운 나쁘게 잘못 태어난 희생자라고, 애써 그렇게 생각해왔다. 윤정화의 어머니는 달거리가 몇 달 없자 드디어 폐경이 시작된 줄 알고 속 편하게 있었다가 마흔아홉에 얼렁뚱땅 그녀를 낳았고, 그녀가 태어났을 때 윤정화의 아버지는 오십이 넘은 지 오래였다. 막내 오빠와도 그녀는 열한 살이나 차이가 났다.

세 명의 언니와 오빠들은 아직도 집집마다 닭과 거위를 키워 아침마다 달걀을 거둬 오는 한옥 집을 스무 살이 넘자마자 바삐 떠나 버렸기 때문에 그녀는 본래 외동딸인 것처럼, 함께 지내는 가족이라곤 달랑 부모뿐이었다. 그러나 당뇨 때문에 날이 갈수록 몸집이 몰라보게 부풀어 오르는 어머니도, 매일 화단을 가꾸다 건수만 생기면 부리나케 소주를 마시러 나가는 게 유일한 낙인 아버지도 윤정화에게 진짜 부모처럼 느껴지지는 않았다. 아줌마도 아니고 할머니도 아니었으며 아저씨가 아니었지만 할아버지도 아닌 그들은 이미 인생의 수많은 고락을 지나쳐 있었고, 그래서 막내딸이 웬만한 일을 벌이지 않는 한 크게 동요하지 않았다.

윤정화가 병이 나거나 다치지 않는 한 한옥은 지겹게

평화로웠다. 예의 당뇨 때문에 누워 지내기가 일쑤였던 어머니는 칭얼대는 딸의 간식을 챙겨주기가 버거워 동네 구멍가게에 오천 원, 만 원씩을 맡겨두었고 심심하거나 외로울 때면 그녀는 마치 뷔페에 가듯 동네 슈퍼가 갖춰둔 이런저런 먹을거리를 곶감 빼 먹듯 닥치는 대로 입에 넣으며 자랐다. 뚱땡아, 하고 놀리는 아이들을 참고 같이 놀 만한 비위가 없었던 그녀는 외로운 여왕처럼 거의 심심했고 매일 외로웠기 때문에 마음속 공동을 채워야만 했는데, 할 수 있었던 몸짓은 슈퍼의 갖은 먹을거리들을 입에 넣어버리는 거였고 그것들이 충실히 일구어놓은 포동포동한 살들이 조금도 몸에서 떠나지 않은 채 카스텔라 같은 소아 비만 어린이에서 어느새 스물일곱 살이나 먹어버렸다는 것이 뭐니 뭐니 해도 가장 나쁜 일이었다.

그동안 그녀가 차곡차곡 모은 것은 대학 졸업장도 아니고 월세방이라도 얻을 수 있는 보증금도 아니고 뭔가 어엿하게 써먹을 수 있는 기술도 아니고, 목까지 쌓인 우울과 싸구려 제과점에서 빈약한 스펀지케이크 위에 처덕처덕 바른 질 나쁜 버터크림처럼 그녀를 두텁게

뒤덮고 있는 살뿐이었다. 윤정화는 그 살 속에 반짝반짝 빛나는 아름답고 올바른 진짜 자신이 유배되어 있다고 느꼈지만, 그 감옥에서 좀처럼 탈출할 수 없었다. 커다란 마트료시카에서 끝내 작고 예쁜 진짜 인형에 숨을 불어넣고 소원을 외듯 본래 자신을 꺼내야 하는데 생식도, 밥 세 숟가락에 묽은 된장국만 먹는 식사도, 선식도, 포도즙이나 '마녀 수프 다이어트'라고 불리는 양배추 수프도 그녀를 거기에서 꺼내주지 않았다. 살로 된 감옥에서 탈출하려는 시도가 좌절될수록 그녀는 혀가 아려오는 비빔냉면이나 족발, 과자, 그리고 고등학교에 진학하면서 새로 만나게 된 맥주의 품에 안온하게 안겼다.

재수 끝에 서울에 있는 대학 철학과에 합격한 것을 기회로 윤정화는 부모를 졸라 삼백만 원짜리 보증금을 건 월세방을 얻게 되었다. 이십만 원 가량의 월세는 자신이 얼마든지 해결할 수 있다고 큰소리쳤지만 정작 과외 자리는 서울대 연고대 애들만으로도 넘쳐났다. 커피숍 같은 곳에서 아르바이트를 해볼까 하고 면접을 보러 갔지만 '용모 단정'은 깨끗이 씻고 늘 청결한 몸을 유지하라는 이야기가 아니었다. 백오십구 센티미터에 칠십

육 킬로그램의 몸은 이태리타월로 살갗이 떨어져 나갈 만큼 깨끗이 닦아도 단정한 용모로 인정받지 못했다. 고등학교 때까지야 부모와 살면서 이것 먹어라 저것 먹어라 참견받는 시기이니 다이어트에 성공하지 못한 거라고 확신한 그녀는 프랜차이즈 카페가 원하는, 나아가 세상이 원하는 단정한 용모를 만들기 위한 작전에 즉각 돌입했다. 대학에 간다고 남자 친구는커녕 친구조차 쉽게 생기는 것은 아니었다. 예쁜 아이들은 왜 그렇게 많은지, 맞는 옷은 왜 이렇게 없는지, 여차저차한 이유로 수업에 들어가기 싫어 질질 끌다 보면 어느새 출석일수도 못 채우기가 다반사였다. 휴학을 했다가 복학을 했다가, 다시 몰래 휴학을 해서 등록금으로 다이어트용 생식을 사고 배고픔을 못 이겨 맥주와 튀김으로 폭식을 했다가 합숙 단식원에 들어갔다가 도망을 쳤다가, 다시 복학을 했다가 학사경고를 받거나 하는 사이 윤정화의 이십 대는 바쁘게 지나갔다. 어느새 자취방의 보증금도 거의 남아 있지 않았고, 그녀가 남들보다 더 가진 거라고는 처음 서울에 올라오던 때보다 사 킬로그램이 더 늘어 이제는 팔십 킬로그램까지 늘어난 풍성한 지방뿐이었다. E, 혹은 브랜드에 따라 F컵으로까지 측정되는 젖가슴은 내심 윤정화가 마음속으로 몹시 자랑스럽게 생각하는 것이었지만 하얗고 풍성하고 아름다운 그 가슴은 투실투실한 살들에 묻혀 특별할 것 없는 또 다른 비곗살의 둔덕으로밖에 보이지 않았다. 김병권과 만난 건 마침 그 감옥에 갇힌 채 스스로와 한창 옥신각신하던 때였다.

그녀에게는 사실 김병권 이외에 다른 선택지가 존재하지 않았다. 당장 지낼 곳도 마땅찮았을 뿐 아니라 그와 같은 존재가 간절히 필요했다. 단순하고 순수한 인간, 그리고 아주 단순하고도 순수하게 그녀를 아름답다고 생각하고, 또 그렇게 말해주고 어여쁘게 여겨줄 인간. 김병권을 만났던 날, 윤정화는 자주 들르는 이태원의 바에 혼자 앉아 카운터 옆자리에 앉은 흑인과 이야기를 나누고 있었다. 평소 집에 들어앉아 미국 드라마를 보는 게 낙이었기 때문에 별달리 학원을 다닌다거나 하지 않아도 적당한 의사소통은 가능했다. 알코올이 투입될수록 어쩐지 혀에 기름칠을 한 듯 영어 실력도 상승해서 토익 900점도 넘을 기세였지만, 물론 다음 날 아침이면 제자리였다. 그래도 그녀는 이태원이 좋았다.

외국인들이 자주 오는 바에 혼자 앉아 있으면 대화 상대를 찾는 것이 어렵지 않았다.

데면데면한 한국 남자들과 달리 그들은 혼자 앉아 있는 여자에게 느끼하지 않으면서도 쉽게 말을 걸었고, 또 윤정화의 생각에 그들은 한국 남자들과 달리 플러스사이즈의 여자에게 그렇게 민감하지 않은 것 같았다. 몇 번은 풍만하고 아름답다는 말을 들은 적도 있었다. 그녀가 남몰래 자랑스럽게 생각하던 흰 위 가슴을 드러내는 옷을 입었을 때 거리의 한국 여자들은 킥킥거리며 그녀를 손가락질했지만 그날 바에서 만난 서유럽 남자는 '데콜테'가 아름답다고 찬탄했다. 그래서 여기에 오지 않을 수가 없었지만, 와도 별 수가 없는 것도 사실이었다. 생맥주가 네 잔 다섯 잔 연거푸 들어가면서 그녀는 급격히 외롭고 서글퍼졌다.

어쩔 수 없는 오랜 술버릇이었다. 오늘 윤정화는 친구를 기다리고 있다는 나이지리아에서 온 그 '제리'라는 흑인 남자에게 먼저 말을 걸었다. 간혹 '옐로 캡'이라고 부르며 그녀처럼 굳이 외국인으로 가득 찬 이태원에 혼자 앉아 있는 여자들을 희롱하거나 쉽사리 집적거리는 다른 외국인 남자들과 달리 그는 점잖았다. 옷을 파는 사업을 한다는 제리는 잠비아 친구를 만나 아프리카 술을 파는 가게에서 흠뻑 마신 후 클럽에 갈 예정이라고 했다. 윤정화는 그 여정에 동행하고 싶었지만 일단 어릴 때부터 자신을 못살게 굴던 거대하게 비어 있는 마음속 자리가 움찔거리며 자신을 사정없이 떠미는 것을 느꼈다. 그것을 외로움이라고 부른다면 너무 흔한 말일까, 하고 그녀는 생각하며 어쩔 수 없이 제리에게 청했다.

"키스해줘요."

그는 놀란 듯 한쪽 눈썹을 움찔하더니 이내 점잖게 웃으며 거절했다.

"여기는 사람들이 너무 많이 있고 난 너를 잘 몰라. 그리고 내 친구가 오면 바로 가야 해."

그녀는 거푸 말했다.

"키스해줘. 어서."

제리는 애써 두툼한 입술 양끝을 올리며 웃어 보였다. 친절한 남자였다.

"다음에 또 우리가 만나게 된다면, 베이비."

매너 있고 점잖은 거절이었지만 당하는 쪽에서 보자면 날카로운 거절이든 보들보들한 거절이든 죄다 화가 나기 마련이다. 특히 술에 취해 있다면 더욱 그렇다. 그녀는 짧은 영어를 집어치우고 악을 쓰기 시작했다. 분에 못 이겨 통통한 손으로 제리의 강하고 듬직한 팔뚝을 찰싹찰싹 때리며 윤정화는 부르짖었다.

"네가 뭔데, 네가 뭔데, 네가 뭔데……. 네가 날 알아? 네가 나를 알아? 네가 뭐를 아냐고!! 네가 나에 대해 뭘 알아. 네가 날 다 알아?"

3. 다시 김병권

그 장면을 본 김병권은 주저하지 않고 달려갔다. 마침 월급날이었다. 학교 선배이기도 한 사장은 우리도 밤낮 감자탕에 소주나 대패삼겹살에 소주 좀 그만 들이붓고 좋은 데 좀 가보자, 요즘 이태원에서 녹사평까지가 아주 핫한 거리라면서 이태원의 캐주얼 바로 향했다. 신이 나서 바에 놓여 있는 당구대에서 포켓볼을 치고 있는 수리점 동료들 틈에 우두커니 서서 맥주만 홀짝홀짝 들이켜고 있던 그는 외국인으로 북적대는 낯선 바를 신기한 듯 두리번거리며 구경했다. 그가 아는 술집이라고 해봤자 투다리, 봉구비어, 오비호프나 세계맥주 와바 정도가 전부였다. 그러다가 통통하지만 귀여운 한국 아가씨가 눈물을 줄줄 흘리며 흑인 남자의 팔을 마구 때리는 광경을 목격한 그는 저도 모르게 잔을 놓았다.

울었기 때문인지 취했기 때문인지 알 수 없었지만 새빨개진 그녀의 얼굴은 벌써 온통 눈물범벅이 되어 있었고 그 앞에 선 멀대같이 키가 큰 흑인 남자가 실실 웃으며 그녀의 손목을 가볍게 잡아 그녀를 제압하고 있었다. 약이 오를 대로 오른 그녀는 붙잡힌 손 대신 발을 들어 그를 걷어차려 했지만 짤막하고 통통한 다리는 가젤처럼 날렵한 흑인의 몸에 닿을 성싶지 않았고, 육중한 몸을 위태롭게 지탱하고 있는 구 센티 굽의 하이힐 때문에 오히려 휘청거리며 넘어질 것만 같았다. 그녀의 얼굴은 점점 더 새빨개져 다 영글어 터지기 직전의 토마토처럼 변했고, 그러거나 말거나 흑인은 유들유들하게 웃으며 캄 다운 허니, 헤이 스윗하트 왓츠 롱, 따위의 말만 주절거리고 있었다. 주변의 외국인들도 모두 실실 웃으며 이 작은 촌극을 구경하고 있었고, 그 순간 김병권의 가슴속에서는 맥주의 취기와 함께 조국애랄까 동료애랄까 민족애랄까 뭐 그런 것이 일시에 끓어올랐다. 세 걸음만에 성큼 다가간 그는 억센 손으로 흑인의 손목을 잡아 여자에게서 떼어 놓았다. 김병권도 나름 싸움 좀 한다하는 공고를 나왔기 때문에 일방적으로 맞지 않을 자신 정도는 있었지만, 그때는 그런 것을 생각할 틈도 없이 달려갔다. 눈물로 번들거리는 윤정화의 얼굴이 그를 올려다보았다.

"무슨 일이에요?"

그녀는 침을 꼴깍 삼키더니 소리쳤다.

"저 사람이 저한테 억지로 키스하려고 했어요!"
"뭐라고요? 양키 고우 홈!"

김병권은 주저하지 않고 이렇게 외친 후 여전히 실실
쪼개고 있는 흑인의 턱을 향해 냅다 주먹을 날렸다. 무
방비 상태로 있던 흑인은 뒤쪽 테이블 위로 벌렁 넘어
졌고, 그의 검고 긴 팔다리에 걸려 맥주잔이며 나무 의
자가 나뒹굴어 순식간에 소란이 일어났다. 흑인은 의자
위에 비스듬히 누운 채 말했다.

"헤이 맨, 난 양키가 아니야. 나이지리아에서 왔어."

그 말을 알아들을 만한 영어 실력도, 거기에 기울일
주의력도 없던 김병권은 아기처럼 조그맣고 통통한 여
자의 손을 잡아끌었다.

"나가요."

그녀는 순순히 나왔다. 돌이켜보면 오직 그때만이 윤정화가 김병권에게 순순했던 단 한 순간이었다. 김병권은 이후로도 그날을 종종 생각했다. 오로지 그날의 기억만이 윤정화를 향한 김병권의 사랑을 살게 했다. 윤정화를 사랑한다는 김병권의 확신은 전적으로 그날, 눈물로 흠뻑 젖은 윤정화의 얼굴과 굵은 다리를 받치느라 삐걱삐걱 힘겨워 보이는 가느다란 하이힐로 보도를 디디며 그를 따라오던 윤정화의 발자국 소리, 조금밖에 걷지 않았는데도 이내 숨이 차오른 듯 거칠어지던 윤정화의 숨결에서 풍기던 싫지 않은 맥주 냄새, 손에 잡힌 토실토실한 손의 벨벳처럼 부드러운 느낌, 그런 것들이 뒤섞여 만들어진 것이었다.

윤정화를 생각하면 그 시각과 청각과 후각과 촉각의 기억이 하나로 합쳐져 그에게 달려들어 김병권의 마음은 언제나 살짝 휘청거렸다. 그랬기 때문에 윤정화가 부탁하는 것은 뭐든 거절할 수가 없었다. 김병권은 평생여자에게 대담해본 적이 없었고 수리점 동료들과 어울려서 거나하게 술에 취한 날 다 함께 몰려갔을 때 말고는 여자를 안아본 적이 없었다. 그럴 때도 알코올이 말단의 감각을 무디게 했으므로 쾌감은 무척 희미하고도 둔중하여 잘 기억나지 않았다. 그런 김병권이었으므로 윤정화의 손을 잡고 그의 옥탑방 문을 연 것은 그녀와의 섹스를 기대했기 때문은 아니었다. 그러나 밥상 옆에 오도카니 앉아 있던 윤정화가 벌떡 일어나 다가와서는 그의 빛바랜 스트라이프 남방의 단추를 만지작거리기 시작했다. 김병권은 몸이 굳어지는 것을 느끼며 침을 꿀꺽 삼켰다. 단추 만지작거리는 짓을 멈추고 윤정화가 물었다.

"나, 예뻐요?"

눈물에 젖은 마스카라가 흘러내려 그녀의 뺨에 얼룩말 같은 무늬를 만들었다. 그러나 그 순간 그녀는 갓 태어난 어린 얼룩말처럼 작고 예뻐 보였으므로 김병권은 크게 고개를 끄덕였다. 고개는 힘차게 끄덕였지만 목소리는 어쩐지 잠겨서 갈라졌다.

"예뻐요, 진짜로."

 그 말을 들은 순간 윤정화는 희미하게 웃었다. 그리
고 팔을 머리 위로 끌어 올려 연한 갈색의 티셔츠를 벗
었다. 누런 싸구려 장판에 떨어진 셔츠의 양쪽 겨드랑
이에는 동그랗게 땀자국이 배어 있었다. 셔츠는 수수했
지만 그 안에 입고 있는 검은 브래지어는 고급 레이스
가 가득 달려 있어 몹시 화려했다. 윤정화는 그의 얼굴
을 주의 깊게 들여다보며 팔을 뒤로 돌려 호크를 풀었
다. 그러자 옷에 가려져 있을 때는 여러 개의 살덩어리
에 불과하던 것이 비로소 출렁, 하고 쏟아져 내리며 온
전한 두 개의 젖가슴이 되었다. 그는 손을 내밀어 한 손
에 쥐기에는 어림도 없는 그 부드럽고 풍성한 젖가슴을
움켜쥐었고, 이윽고 그녀의 몸에 들어섰다. 긴 시간 동
안 뭔가를 짜 맞추는 일로 밥을 먹고 살아온 김병권은
젖가슴을 움켜쥔 손바닥에서, 그녀의 몸 안에 들어선
그의 몸에서 그가 아주 잘 아는 기분, 나사와 부품이 완
벽하게 들어맞았을 때의 감각을 충만하게 느꼈다.

4. 또 윤정화

쥐좆이라고까지 말하고 싶진 않았지만, 김병권은 확실히 작았다. 외로운 밤 이태원을 드나들며 윤정화가 외국 남자들과 종종 자는 바람에 한국 남자의 사이즈에는 도저히 만족하지 못할 정도로 입맛을 가당찮게 높여 놓은 것일 수도 있겠지만, 한국 남자로서도 김병권은 작았다. 김병권이 잠들었을 때 잠이 오지 않아 말똥말똥 눈을 뜨고 있던 윤정화는 갑자기 생각난 듯 주민등록증을 꺼내 그의 물건 옆에 가져다 대었다. 어둠 속에서도 그것은 주민증보다 얼마 커 보이지 않았다. 한숨을 쉬고 그녀는 주민증을 도로 지갑에 넣었지만, 그날의 일이 벌어진 것은 김병권의 사이즈 문제가 아니었다. 굳이 말하자면 그릇 문제였다. 늙은 부모가 있는 한옥에서도 그녀는 어쩌다 이곳에 떨어진 불쌍한 희생자처럼 스스로를 생각했지만, 그 말도 안 되는 누런 LG 깔끄미 장판이 깔린 옥탑방에서 그나마 방이 두 개 있는 집으로 내려왔다고 해서 그런 생각이 들지 않는 것은 아니었다. 방이 하나에서 두 개가 된다고 해서 김병권의 그릇도 두 배가 되는 것은 아니었기 때문이었다.

그녀가 김병권 이외의 다른 남자와 잔 것은 김병권의
물건이나 김병권에 대한 애정이 부족해서가 아니었다.

군이 말하자면 그것 이외에는 아무 할 일이 없었기
때문이었다. 너무 심심했다. 김병권이 인터넷도 하고
공부도 하라며 얻어다 준 컴퓨터로 채팅을 하던 남자와
군이 섹스까지 할 생각은 없었다. 그러나 김병권은 수
리가 밀려 밤을 샐지도 모른다고 했고, 온스타일을 틀
어 철지난 미국 드라마를 보고 컴퓨터로 영화를 다운받
아 보는 것도 지겨워서 채팅 정도야 별건가, 하고 생각
했고 자신의 외모가 보이지 않는다는 것이 묘한 스릴을
주어 자신이 할 수 있다고 생각하지 않았던 은근히 음
란한 말들을 몇 마디 흘리자 후끈 달아오른 상대 남자
가 지금 어디냐고 당장 오겠다고 했다. 이쪽이 서울 이
끝이라면 저쪽은 경기도 저 끝인데다 택시밖에 다니지
않는 잔뜩 할증이 붙을 시간이라 설마 오겠냐고 생각한
그녀는 장난삼아 주소를 불러주었다. 그런데 정말로 1
시간 후, 그 남자가 문을 두드렸던 것이다.

김병권이 의외로 간단했던 수리를 신속 정확하게 끝

마치고 고작 1시 경에 집에 돌아올 줄 그녀는 정말로 몰랐다. 남자를 끌어들인 후 미처 문을 잠그지 않았던 것도 그녀는 정말로 몰랐다. 윤정화의 큰 몸집에 처음에는 움찔한 것 같았지만, 이내 택시비 본전은 찾아야 한다는 듯 다짜고짜 키스하며 윤정화의 혀뿌리까지 삼켜버릴 기세로 깊숙이 빨아대던 남자가 갑자기 혀 움직이기를 멈추자 그녀도 눈을 떴다. 그러자 '정화 방'이라고 쓴 김병권의 서툰 글씨가 붙어 있는 문 앞에 그가 서 있는 것이 보였다. 방금 전까지 윤정화의 혀를 뿌리부터 뽑아낼 만큼 강렬하게 쭉쭉 빨아 당기던 남자는 이런 상황에 매우 익숙한지 주변을 잠깐 두리번거리다가 점퍼를 집어 들고 순식간에 사라졌다.

머뭇거리던 김병권이 조질 대상은 이제 윤정화밖에 남지 않았다. 광채가 번들거리는 그의 눈에서 심상찮은 기운을 느낀 그녀는 서둘러 추리닝에 다리를 꿰입고 현관을 나섰지만 몇 발자국 옮기지 못해 붙들리고 말았다. 골목은 어두웠고, 노인들이 주로 살고 있는 동네여서 이미 아무도 나다니지 않을 시간이었다. 김병권은 왼손으로 푸석거리는 그녀의 머리칼을 움켜쥐고 오른손으로 턱을 내갈겼다. 죽어라 죽어, 이 좆같은 년아. 네가 이럴 수가 있냐. 웅, 네가 그럴 수가 있냐고. 윤정화는 앞으로 폭 고꾸라졌다. 투실투실한 그녀의 살들은 완충제 역할을 해, 아스팔트에 고꾸라질 때의 충격을 어느 정도 흡수했을 뿐만 아니라 옆구리와 엉덩이를 잡히는 대로 걷어차는 김병권의 발길질의 충격도 어느 정도 누그러뜨려주었다. 퍽, 퍽 할 때마다 쌀로 가득 찬 포대 자루를 힘껏 두드리는 것 같은 소리가 났다. 이 좆같은 년아, 네가 사람이냐, 네가 사람이야, 웅?

5. 이번엔 김은정

운동화를 신고 출근하기 잘한 날이었다. 김은정은 잠깐 멈춰 서서 다리를 주물렀다. 그녀가 살고 있는 산동네는 원래도 높았지만 촛불집회에 참석한다고 오랫동안 쭈그리고 앉아 있기도 했고 가두 행진을 한다고 오랫동안 걸었더니 종아리근육이 얼얼했다. 별거 아닌, 계약직의 경리 사원으로 일하고 있는 그녀가 직장에서 지하철로 스무 정거장이나 되는 혜화역까지 가서 직사

물대포에 맞아 사망한 농민의 죽음에 항의하는 촛불시위에 매일 참석하는 이유는, 그 순간만큼은 김은정의 이름처럼 무난한 삼십 대 초반의 계약직 여자 경리인 수수한 인간이 아닌 용맹한 민주시민이 되는 기분이었기 때문이었지만 그녀는 그 사실을 전혀 알지 못했다. 마음속 비어 있는 어떤 자리가 알지 못하는 여러 사람들과 함께 거리를 걷기도 하고 달리기도 하고 소리치기도 할 때면 조금 채워지는 것 같은 기분이 들었다. 거기에 더해 거리 시위에서 가장 난감한 것은 저린 다리 따위가 아니라 화장실을 어디로 가느냐라는 생각만이 존재할 뿐이었다. 행진을 하다 말고 다리가 꼬일 만큼 소변이 급해 아무 휘황한 건물로나 뛰어들었던 그녀는 정장 차림의 경비원에게 번번이 가로막혔다. 웬만하면 혀를 차고 나가서 딴 곳으로 갔겠지만, 너무나 급해서 김은정은 경비원에게 끝내 애원했다.

왜 언제나 경비원들이란 이럴 때 아주 길게 고민하면서 자신의 권한을 행사할 시간을 조금이라도 연장하려고 하는 걸까. 격렬한 요의가 가시자마자 약이 오른 그녀는 변기 뒤에 놓여 있는 두루마리 휴지를 하나 집어 핸드백 안에 넣었다. 재생지가 아니라 엠보싱이 새겨진 고급 화장지였다. 이걸 도대체 어디다 쓰려고 가지고 왔나, 하고 스스로를 한심하게 생각하면서도 핸드백 안에서 바스락거리는 휴지 포장지 소리가 들리자 그녀는 픽 웃었다. 그러나 휴지 포장지 따위보다 훨씬 더 큰 소리가 들리기 시작했다. 퍽, 퍽 소리와 함께 욕설이 들렸다. 야 이 년아, 죽어라 죽어. 웅 이 개 같은 년아. 놀란 김은정은 골목을 달려 내려갔다. 살찐 여자 하나가 담벼락 앞에 쓰러져 중키 정도에 체격이 단단해 보이는 남자에게 사정없이 발로 걷어차이고 있었다. 당황한 그녀는 그러지 마세요, 하고 소리치며 하마터면 거리에서 하루 종일 외치던 말을 뱉을 뻔했다. 비폭력, 비폭력. 폭력 남편 물러가라, 경찰청장 물러나라. 박근혜는 하야하라.

튀어나오기 직전 그 말을 꿀꺽 삼킨 김은정은 남자의 팔에 매달렸다. 여자는 바닥에 엎드려 머리를 감싸고 있었다. 티셔츠는 말려 올라가고 추리닝 바지는 끌려 내려와 엉덩이의 골이 적나라하게 드러났다.

"사람을 때리면 어떡해요. 경찰에 신고할 거예요!"

겁이 났지만 김은정은 나름대로 다부지게 소리쳤다. 남자는 정말로 기가 막혀 죽겠다는 표정으로 그녀를 쏘아보았다.

"경찰? 좋지! 경찰 불러라 불러! 지금 누가 잘못했는데!"

남자는 정말로 억울해 보였다. 김은정은 여자에게 허리를 숙이고 물었다.

"괜찮아요?"

여자는 새빨개진 뺨이 젖은 채 피식 웃었다.

"괜찮아요."

그러자 남자는 다시 여자에게 달려들었다. 죽일 듯한 기세였다. 김은정은 얼른 그의 팔을 잡고 늘어졌다. 평소 남 일 참견을 좋아하지 않는 성미인데도 퍼레진 눈을 하고 웃고 있는 투실투실한 여자의 비어 있는 눈동자가 어딘가 마음에 걸렸다.

"정말 왜 이러세요! 말로 하셔야죠! 그러다 사람 죽이겠어요!"

남자는 김은정의 팔을 홱 뿌리치고 쏘아붙였다.
"됐거든? 아줌마, 아줌마는 꺼져."

갑자기 김은정은 버럭 화가 치밀어 올랐다. 고작 서른을 넘었을 뿐인데, 한국 여성의 초혼 연령을 크게 지나친 것도 아니건만, 오늘도 과장은 이제 아줌마인데 시집은 언제 가냐고 쪼았었다. 일주일에 세 번은 꼭 그랬다. 또래의 남자 직원들도 그 나이면 이제 솔직히 안 팔린다고 진지하게 거들었다. 나이 때문인지는 확실하지 않았지만 실제로 그녀는 안 팔리고 있었다. 남자의 얼굴에 과장과 부장과 실장과 대리의 얼굴이 겹쳐 보였다. 김은정은 빽 소리쳤다.

"야, 나 아줌마 아니거든? 어디다 대고 아줌마래?"

남자는 움찔했다.

"그러면…… 아가씨는 집에 가세요."

남자는 에이 씨부랄, 하며 김은정을 뿌리치고는 여자를 한 대 더 걷어찼다. 김은정은 눈에 쌍심지를 켰다. 뭔가 엄청난 욕이 없을까. 저 사람이 정말 약이 올라 죽을 것 같은. 그런데 엉뚱한 말이 튀어나왔다.

"아저씨가 사람 죽일 것 같은데 어떻게 집에 가! 너같은 새끼 때문에 민주화가 안 되는 거야!"

순식간에 민주주의의 주적이 된 남자는 황당하다는 듯 길게 한숨을 쉬었다.

"민주주의? 민주주의 좋지. 민주주의사회에서 이 년이 이래도 돼? 지금 내 기분 모르죠? 알 리가 없지. 이년이, 어떤 년인지 알아요? 그래도 때리면 안 돼요? 나, 평생 여자한테 손 한번 대본 적 없는 사람이에요. 애한테도 얼마나 잘해준 지 알아요? 근데 어떻게…… 자기한테 다 갖다 바친 남자 앞에서 오입질을 한 여자라고요. 난 이 여자를 위해서 살았다고 자신 있게 말할 수 있어요. 그런데 나한테 이러는 게, 그러고도 이게 사람이에요? 네? 이게 민주주의 시민이에요? 대답해봐요, 아가씨. 엉? 대답해보라고요."

남자는 부들부들 떨더니 씹어뱉듯 말했다.

"그뿐인가? 제 서방이라는 인간한테 말하지도 않고 애 들어선 거 피도 눈물도 없이 떼어버린 여편네라고요. 그거 살인이야. 어떻게 나한테 말도 안 할 수가 있어?"

물론 김은정이 대답할 수 있을 리 없었다. 사드 미사일이라도 발사된다면 대답하지 않아도 될 텐데. 웅크리고 있던 여자가 몸을 일으키며 대신 대답했다.

"서방? 서방 좋지. 근데 생각해봐, 우리가 애를 낳아? 걔는 뭘 먹여서 키우는데? 유치원은 보낼 수 있을 것 같아? 딸이면 어떡해? 나 닮은 딸이면 어쩌냐고. 어릴 때부터 코끼리 소리 들으면서 사는 뚱땡이는 나로 족해. 나 그 꼴 볼 수 없어. 내가 한 일 중에 그나마 잘한 일이 바로 수술해버린 거야! 가난뱅이는 우리로 족하지 않아?"

마지막 말이 마치 날카로운 회칼처럼 공기를 얇게 저몄다. 남자는 한 대 얻어맞은 듯 그 자리에 멍하니 서있었다. 여자는 그 순간을 놓치지 않고 슬리퍼를 꿰신고는 체격에 어울리지 않게 날다람쥐처럼 재빠른 걸음으로 순식간에 사라졌다. 남자는 어깨를 늘어뜨린 채여전히 그대로 서 있었다. 슬금슬금 눈치를 보며 김은정도 그 여자처럼 사라지고 싶은 생각이었지만 가로등불빛에 남자의 뺨이 번들번들 빛나는 것이 보여 그럴수 없었다. 소리도 내지 않고 남자는 부들부들 떨면서울고 있었다. 김은정을 어쩔 줄을 몰라 발을 동동 구르다가 핸드백을 열었다.

빌딩에서 집어 온 고급 화장지가 얌전하게 놓여 있었다. 김은정은 겉포장을 벗겨내고 휴지를 한 움큼 뜯어남자의 손에 쥐어주었다. 남자는 둘둘 만 휴지를 얼굴로 가져가 눈물을 닦아냈다. 순식간에 휴지가 흠뻑 젖어 그녀는 한 번, 또 한 번 휴지를 뜯어 준 후 아예 그의 손에 두루마리 화장지를 통째로 들려주었다. 남자는 화장지를 받아 쥔 채 계속 부들부들 떨며 눈물을 흘렸다. 핸드백을 닫은 김은정은 주섬주섬 발걸음을 옮기기 시작했다. 뒤를 돌아보자 남자는 아직도 가로등 밑에서 불빛을 받아 파랗게 빛나는 하얀 화장지를 든 채 우두커니 서 있었다. 여전히 울고 있는 것 같았다. 그녀는 약간 망설였지만 다시 돌아보지는 않고 발걸음을 옮겼다. 어차피 세상에 울고 있는 사람은 저 사람 하나뿐이 아니라고 생각하면서. 시위장에서 본 '함께 살자'라는 깃발이 떠올랐지만 우리는 함께 살고 있는 걸까. 사각사각, 김은정의 마음속 빈자리에서 소리가 났지만 그녀는 그것을 알지 못했다. 다른 모든 사람들처럼.

"헉……, 지윤아……. 뒤로 돌아봐……. 응? 네 엉덩
이 보여줘……. 나 네 엉덩이 너무 좋아. 너무 예뻐!"

그가 또 나보고 후배위를 요구했다.

또 뒤로 돌아야 되냐!

교미니? 지금 나랑 교미하는 거니?

그렇게나 무슨 암소랑 수소랑 송아지 생산하는 자세
를 만들어야 속이 시원하겠어?

이 체위에서 남자는 여자의 상체를 내려다보며 지배
하는 듯한 쾌감을 느낄 수가 있다는데,

그 와중에 클리토리스를 애무해준다거나 하는 배려

가 있는 남자는 그다지 많지 않으니 후배위에서 기쁨을 느끼기는 참 힘들다.

여자들이 이렇다는 걸 남자들은 알긴 할까? 알아도 어떻게 할 겨를이 없거나 어떻게 할 의욕이 없는 건지도 모르지.

조금 있으면 내 등에다 정액을 찍 분출하고는 엄청난 노동이라도 한 듯 한참 거친 숨을 몰아쉴 것이다.

내 기분이야 어떻든 전혀 상관없지.

남자들은 정말 왜 그러는지 몰라.

그래도 어쩔 수 없다.

돌라니 돌아야지.

오늘은 특히 그래야 해.

아주 중요하게 할 말이 있으니까.

차마 입이 안 떨어지는 청년실업 백만 대열에 백만일 번째로 합류했다는 말을 하려면 하라는 대로 해야지 별수 있을까. 요즘 청년층까지 조기퇴직 대상자에 포함되는 경우가 있다고 신문 기사에서는 봤지만 모회사의 인원 감축으로 설마 내가 그 해당자가 될 줄은 꿈에도 몰랐다. 어떻게 잡은 직장인데. 어떻게 다닌 직장인데. 이십 대의 이 젊은 나이에 희망퇴직자라니. IMF 때 명예

퇴직한 아버지의 뒷모습을 보며 희망퇴직이나 명예퇴직은 전혀 희망적이거나 명예롭지 않다는 것을 알았지만 그런 이름들은 어디까지나 그렇게 쓸쓸한 등을 가진 아저씨들의 몫이라고만 생각했는데.

　게다가 5년간 사귄 남자 친구 재영은 언제나 나에게 목이 아플까 걱정될 정도로 강조를 하고 또 했다. 요즘은 남자만큼 여자의 능력도 중요하다, 결혼할 때 남자가 집을 해 온다는 건 너무나 전근대적인 생각이며, 당연히 반반 결혼에 맞벌이는 선택이 아니라 필수다, 결혼을 해도 경제권을 누가 가져가는 것이 아니라 둘 다 돈을 버니 월급에서 생활비를 일정액 각출하여 공동의 생활비 계좌에 넣고 나머지 돈은 각자 관리하며 거기에 대해 서로 참견하지 않는 것이 요즘 합리적인 트렌드다, 결혼을 했으니 물론 아이를 낳아 효도를 해야 한다, 아이에게는 어머니가 온 세상이니 모성 본능을 발휘해 어머니가 아이를 좀 더 케어해야 하는 것은 독박 육아가 아니라 어쩔 수 없는 자연의 순리니 거스르지 말아야 한다, 우리 어머니는 늙으신 데다 멀리 사시지만 너희 어머니는 30분 거리에 사시는 데다 친구들과 산을 펄펄 날아다니실 정도로 건강하시니 얼마나 다행이냐, 산 타실 시간에 외손주도 손주니 설마 안 봐주시겠느냐, 우리가 얼른 자리 잡길 누구보다 바라실 테니 아마 우리에게 시터비를 달라고는 하지 않을 것 같은데 네가 은근히 여쭤봐라, 그나마 지윤이 네가 아이 생겼다고 잘리는 직장이 아니라 육아휴직 쓸 수 있는 곳에 다녀서 참 다행이다, 너희 부모님 힘을 좀 빌려서 육아휴직 끝나면 바로 나가서 얼른 벌어야 한다, 여자는 남자와 달라서 한번 경력 끊기면 요즘 흔히 말하는 '경단녀' 되기 십상인데 그러기엔 네 능력이 아깝다, 그렇게 둘이 허리띠 꽉 졸라매야 자식 하나 대학까지 책임져주고 우리는 육십 대까지 최소한 십억 정도를 모아야 남 보기 부끄럽지 않은 노후의 은퇴 생활을 할 수 있다고 침을 튀기며 미래를 이야기했던 이 남자. 내가 오늘 회사에서 잘렸단 이야기를 들으면 뭐라고 할까? 5년이나 사귀어온 사이니 따뜻한 위로를 해주었으면 좋겠다. 그렇게도 나와의 미래를 입이 아프게 이야기했었고, 그건 거의가 우리의 미래에 대한 그의 요망 사항을 주로 늘어놓는 것이었긴 했지만 어쨌든, 몇 년이나 나눈 운우지정이 있는데. 나는 부디 그러기를 바라는 간절한 바람을 실어 그에게 장단 맞춰 엉덩이를 흔들어주었다.

"헉…… 어엇…… 너무 좋아……. 아, 너도 느껴……? 응? 내 XX 좋아?"

좋긴 뭐가 좋냐! 나는 어디가 흥분되는지도 하나도 모르겠고 그냥 뒤에서 퍽퍽 찔러대기만 하는데. 하여튼 저 인간은 일본 포르노 같은 걸 너무 많이 봤다. 나도 어깨너머로 그 동영상들을 봤는데, 무조건 여자의 흰 엉덩이 위에서 카메라앵글을 잡고 그 속살이 화면을 꽉 채운 채 간드러진 목소리로 앙 기모띠, 다메, 어쩌고 하면서 신음하는 옆얼굴만 간혹 보이는 그런 포르노 말이다. 네 XX, 넘 작아서 어디 있는지도 모르겠어…… 라고는 절대로 말할 수 없다. 그는 자기 것 정도면 대한민국 평균 이상은 된다고 그래도 자부하고 있으니 말이다.

방에 텔레비전이 켜져 있어 나는 건성으로 신음 소리를 내주면서 슬쩍 그걸 본다. 어, 저 연예인도 마약 투약으로 걸렸구나. 참 좋겠다. 나는 이제 쥐꼬리만 한 실업 급여로 몇 달을 먹고살고 노동청의 청년 취업 성공

패키지 같은 걸 굽신굽신 알아봐야 하겠건만 재벌 3세들은 세끼 뜨뜻한 밥 먹고는 연예인들과 마약하고 놀 수도 있다니. 재영이 뒤에서 손을 뻗어 내 가슴을 주물럭거리기 시작했다. 허리가 요동치는 횟수가 격해지는 걸로 봐선 절정이 가까운 모양이다. 여자의 몸은 참 편리한 데가 있다. 별로 마음이 없어도 일정한 자극을 주면 윤활유가 분비되어 그럭저럭의 섹스는 가능하니 말이다. 이 그럭저럭의 섹스 말고는 나는 평생 겪지 못하는 걸까? 더 농밀한 세계로 진입할 수는 없는 걸까? 그가 바라는 건실한 반반 결혼 생활을 하면서? 그의 움직임이 더욱 빨라졌다. 아 참, 이럴 때 보조를 맞춰줘야지. 나는 반사 신경처럼 엉덩이를 조금 흔들며 한껏 거짓말을 치기 시작했다.

"앗…… 아앙…… 아, 아…… 오빠, 좋아……."
"으흑……!"

내 신음 소리를 들은 그는 내 허리를 꽉 움켜잡고 등에 왈칵 엎어졌다. 그리고 헉헉, 하고 거친 숨소리를 토해냈다. 드디어 끝났구나. 그는 몸을 잡아 빼더니(그것도 확!) 꼼꼼하게 콘돔을 빼 휴지에 잘 싸서 쓰레기통에 버렸다. 나는 왠지 모를 아쉬움에 한숨을 내뱉었다. 그는 내 어깨를 안으며 유쾌하게 속삭였다.

"우리 애기 그렇게 좋았어⋯⋯? 푹푹 한숨까지 쉴 만큼⋯⋯? 응?"

좋아하고 있네.

"으⋯⋯ 응. 근데, 오빠⋯⋯. 나, 할 말이 있어."
"뭐 골치 아픈 것만 아니었으면 좋겠다. 아, 오늘도 이 대리 그 새끼 꼴 보기 싫어서 정말 좆같았거든."

금세 그는 담배를 피워 문다. 섹스 직후에 담배를 피우는 남자는 바로 등 돌려 코 골면서 잠들어버리는 남자 다음으로 최악이라는데 그는 그런 매너에 대한 이야기라곤 생전 들어본 적이 없는 모양이다. 담배를 전혀 피우지 않는 나는 연기에 숨이 막혀 콜록콜록 기침을 한다. 하긴, 그건 다 이렇게 키운 내 잘못인지도 모른다. 어쨌든 내가 희망퇴직 대상자라니, 재영에게 오늘 일을 털어놓으려니 조금 위축되긴 했지만 우린 오랜 연인 사이잖아. 괜찮지 않을까? 그것도 결혼을 염두에 두고 만나는 사이니까. 이해해주지 않을까? 슬플 때나 기쁠 때나 아플 때나 건강할 때나 같이 살 예정이 있는 사람들이잖아, 우리는. 만약 재영이 나처럼 모기업의 위기나 뭐 어떤 이유로 반강제로 퇴직하게 된다면, 나는 그가 새로운 일자리를 구할 때까지 응원해줄 용의가 얼마든지 있다. 연인이니까, 사랑하니까. 사랑……?

뭐, 지금 그런 건 중요하지 않다. 어쨌든 나라면 재영의 어깨를 탁탁 두드려줄 것이다. 몇 년 동안이나 몸과 마음을 뒤섞으며 함께 지내왔으니 당신을 가장 잘 아는 건 바로 나라며 당신이라면 얼마든지 곧 직장을 잡을 수 있을 거라고 격려해줄 것이다. 이렇게 된 거 그간 야근이다 휴일 근무다 연차 한번 못 쓰고 고강도 노동하느라 죽도록 고생했으니 얼마간은 아무 생각 않고 머리를 텅 비운 채 좀 쉬라든가, 여행이라도 다녀와서 재충전하라든가, 화가 도리어 복이 되어 더 좋은 직장으로 이직할 가능성도 없지 않다는 등의 갖은 격려와 위로도 얼마든지 해줄 것이다. 비싸고 좋은 곳에서 데이트하는 건 그동안 해봤으니, 더위도 한풀 꺾인 늦여름인 지금부터는 공원 벤치에 앉아 시원한 아이스크림을 먹거나, 유명한 분식집에서 몇십 년 동안 변하지 않은 떡볶이 맛에 감탄하며 끼니를 때우거나, 그러다 나뭇잎이 예쁘게 떨어지는 계절이 오면 고궁이나 숲길을 거닐며 알뜰하게 만나는 것에도 충분히 만족할 수 있다.

사실은 그가, 다소 전근대적인 문장이지만, 여전히 감동적인 바로 그 말, 아무 걱정 마라, 내가 여차하면 너 하나 정도는 얼마든지 먹여 살릴 수 있다! 이렇게 떵떵거리며 큰소리를 쳐준다면 참 좋겠다. 그래 주기만 한다면 퇴직자 명단에 내 이름이 포함된 것을 본 순간의 쓸쓸함을 그 큰소리를 되씹어보는 달콤함으로 얼마든지 덮을 수 있을 것 같다. 그가 내 어깨를 끌어안으며 너 하나 정도는 내가 얼마든지 책임질 수 있어, 누가 내 여자한테 함부로 굴어, 그 따위 직장 때려치워 버리길 잘했다! 이런 말을 하는 장면만 생각해도 가슴 한구석이 찌르르해졌다. 아, 보호받는 여자! 사랑받는 여자!

"…… 오빠, 그래서 그렇게 된 거야. 그 과장이 자꾸 안 그러는 척하면서 허벅지 만지잖아……. 닳는 것도 아닌데 뭐 어떠냐고 나중에 말로 성희롱도 하면서. 나 대리 승진한 지도 얼마 안 돼서 웬만하면 그냥 참고 넘어가보려고 했어. 그런데 심지어 그 인간이 이번이 처음도 아니고 다른 여직원들도 전부터 문제 제기 했었는데, 아버지끼리 동창인가 해서 재수 좋게 회장 줄 탄 사람이거든. 그래서 지금까지 그 인간이 건드린 여직원들만 다 퇴사했어. 그것도 권고사직 말고 자발적으로 관둔 걸로. 그래야 실업 급여도 못 받으니까. 나를 찔러? 맛 좀 봐라 이거지. 나도 이 회사 몇 년 다니면서 그런 광경 숱하게 봤으니까 더러워서 피하려고 그동안 애썼는데, 이번에 팀끼리 협업하게 되면서 자꾸 나를 만지는 거야."

"……."

"책상에 앉아서 일하고 있으면 이거 어깨 굳은 거 보라고, 여자가 이러면 안 된다고 자기가 풀리도록 안마해준다고 뻔뻔하게 주물럭거리고, 엑셀에 틀린 수치 고쳐주는 척하면서 마우스 잡은 손 위에 자기 손 올려서 잡고 여기저기 괜히 클릭하면서 손이 차갑네, 그런데 손이 차가운 여자가 마음이 따뜻하다던데 우리 이 대리는 어떨까, 하고 헛소리하면서 숨 쉬는 척 귀에다가 후후 입

바람 불어서 키보드 위에 토할 뻔한 적도 있어. 어쩌다 스커트 한번 입으면 오늘 섹시하네 어쩌네 맨날 이런 것만 입으라니 어쩌니 하면서 난리가 나고, 완전 미친놈이야. 결혼해서 애도 둘이라는데 네 식구 가족사진 액자를 떡하니 책상 위에 올려놓은 인간이 그런다니까."

"……"

"나 말고 다른 여직원들한테도 틈만 생기면 손등 같은 데 쓰다듬으면서 여자는 현모양처도 팜파탈도 아니고 그저 감도 좋은 여자가 백만 불짜리라나? 맨정신에 사무실에서 그러는 인간이니까 회식 때는 어떻겠어. 완전히 활개를 치지. 우린 대기업도 아니고 그냥 자사잖아, 중소기업 수준이지 사실. 노조가 있길 해, 뭐 그런 인간을 제지할 창구가 없어. 그래도 누구는 말해야 될 것 같아서 윗선에 이야기해봤는데 내가 말했잖아, 그 인간이 회장 동향 사람인데 집안끼리 친척인 데다 동창이기까지 해서 확실한 라인이 있는 낙하산이거든. 아무리 항의해도 안 되고, 오히려 나보고 위로금 조로 퇴직금 좀 집어 줄 테니까 희망퇴직하겠느냐고 은근히 강요하길래 나도 이젠 지쳐서 그러겠다고 하고 휙 나와버렸어. 나 아직 한창 젊은데 이 넓은 도시에 설마 나 하나

앉을 책상 없겠어?"

장황하게 늘어놓은 말을 끝내며 어쩐지 자꾸 변명을 주워섬기는 것 같아 좀 그랬지만 그의 연인다운 태도를 내심 기대했다. 이재영! 기사도를 자랑해달라! 곧 이렇게 말하겠지! 그 새끼 어디 사는 누구냐, 아주 아작을 내버리겠다, 하고 분노해줘 달링! 파이팅! 모욕당한 자기 여자를 지키는 기사의 모습을 보여줘야지! 나는 두근거리는 가슴을 살며시 누르며 그의 믿음직한 모습을 기대했다.

"뭐가 어쩌고 어째?"

얼굴이 벌게진 재영이 벌떡 일어났다. 침대 밖으로 일어나는 바람에 이미 풀이 죽어버린 그의 물건이 덜렁거렸지만 나를 위해 저렇게 얼굴까지 붉히며 분노해주는구나, 싶어 그런 그의 모습까지도 전혀 우스꽝스럽게 보이지 않았다.

"오빠……."

감동에 젖어 나는 한껏 가녀리고 연약한, 나는 당신의 여자예요, 라는 촉촉이 젖은 모기만 한 목소리로 그를 불렀다. 저기 보라지, 눈에 핏발까지 서 있다. 아, 나를 위해 이렇게까지 화내주다니. 나는 어쩌면 이 남자를 영원히 사랑할 거…….

"고작 그따위 일에 밥벌이를 때려치워? 네가 지금 정신이 있는 애야 없는 애야!"

"으, 응?"

갑자기 정신이 아득해졌다. 그따위 일? 그따위라고? 이게 뭔 소리람?

"오, 오빠……?"

"땅을 파면 돈이 나와 쌀이 나와? 그래, 그놈이 좀 집적거렸다 쳐. 너 사회생활 한두 해 해? 네 말대로 대리 승진한 거 아깝지도 않아? 사회생활 하면서 그런 일 있을지도 몰랐어? 별의별 더러운 인간 다 있어! 그게 사회야! 나도 뭐 좋아서 회사 다니는 거 아니다. 얼마나 거지 같은 일 꾹꾹 삼키고 사는지 내가 말을 다 안 해서 그렇지 네가 알아? 지금 실업률이 몇 프로야! 요즘 같은 때에 정규직 구하기가 쉬운 일인지 알아? 너 성인이 잖아? 알 거 다 아는 나이잖아? 스물아홉이나 먹어가지고 그렇게 철딱서니가 없어? 우리 둘이 아득바득 10년, 20년을 벌어도 집 한 채 사기 어려운 시대야! 아무리 좆같은 일이 있어도 아, 나는 젖은 낙엽이다, 절대로 안 떨어져 나간다, 하고 생각하고 이 경기 안 좋은 때에 회사에 딱 붙어 있어야지! 일단 다시 한번 알아봐, 홧김에 그런 거라고 하고 사표 제출 철회할 수 없어?"

귀를 의심했다. 저게 날 사랑한다는 연인의 입에서 나오는 말인가? 그것도 21세기가 시작된지도 20년이 다 돼가는데 밤낮 미스 리 미스 리 어쩌고 하며 툭하면 허벅지며 엉덩이를 주물럭대고 은근슬쩍 점심 먹으러 가는 만원 엘리베이터에서 제 물건을 밀어대던 직원 때문에 회사를 때려치운 연인에게? 나도 참지 못하고 앙칼지게 소리쳤다.

"오빠가 내 애인 맞아?"

"그럼 애인이 아니고 뭔데!"

"지금 그놈 찾아가자, 당장 멱살 잡자 해도 모자랄 판에 어떻게 그럴 수가 있어!"

"네가 사회생활 하는 법을 몰라서 그래! 다 같이 더럽게 사는 거야! 누가 덜 깨끗하고 더 깨끗하고, 이거 어차피 흙탕물에서 다 같이 뒹구는데 아무 의미도 없는 거라고!"

"그래! 좋다! 그럼 다 때려치워! 난 죽어도 사표 철회해달라고 거기 고개 숙일 생각은 요만큼도 없으니까!"

다 엎어버렸다.

그는 그 말을 듣자마자 잘됐다는 듯이 덜렁거리는 물건을 씻지도 않고 아주 신속히 팬티를 입고 옷을 입고 신발을 신고 내 자취방을 떠났고, 나에게서도 영영 떠났다.

그래서 나는 실직과 실연과 동시에 완전히 혼자가 되어버린 것이다.

"아아……. 딸꾹……. 젠장맞을……."

마트에 갔더니 고량주가 육백오십 원이다. 나이스, 좋다 이거야. 제일 싼 가격에 무려 오십 도가 넘어가는 센 도수! 난 지금 이런 게 완전 필요하다고! 애인도 떠나고, 직장도 사라지고, 남은 건 오직 카드 대금!

아, 내가 왜 그랬던가. 애초에 데이트 통장이라는 것부터 거절했어야 했다. 나보다 2년 정도 취업이 빨랐던 재영은 나보다 수입이 많았지만, 그렇다고 남자가 데이트 비용을 다 내주길 바랐다간 '된장녀'니 '김치녀'니 소리를 피할 길이 없을 테니 나도 우리 둘의 나이 차이와 연봉 차이 같은 것을 고려해서 육 대 사 정도로 데이트 비용을 부담하도록 마음을 썼다. 절반은 부모의 도움으로, 절반은 자기 돈으로 뽑은 그의 차를 타고 데이트할 때마다 세 번에 한 번은 주유소에 가자고 재촉해 기름을 가득 채워주었다. 아, 나는 정말이지 너무나도 양심적인 여자 친구였다. 쓸데없이 양심적인. 하찮은 이어폰 같은 물건 하나를 살 때도 인터넷 가격 비교 사이트에서 최저가를 비교해보고 사는 재영의 꼼꼼한, 혹은 쫀쫀한 성격이 결혼했을 때 괜히 오디오니 자동차니 카메라니 하는 데 헛돈질하거나 친구에게 큰돈을 빌려주거나 보증을 서줄 스타일은 아니다 싶어 그리 나쁘게 보이지 않았다.

그래서 재영이 통장을 하나 개설해 와서 둘 중 누구도 손해 보는 기분이 들지 않도록 알뜰하게 데이트하자고 했을 때 기꺼이 그러마라고 했다. 보통은 절반, 간혹은 재영이 더 많이, 보너스를 언제 받느냐에 따라 때론 내가 더 많은 돈을 입금할 때도 있었다. 그 통장의 체크카드는 언제나 재영의 지갑에 들어 있었기 때문에 가끔 근사한 식사를 마치고 레스토랑을 떠날 때 실은 각자 먹은 대로 낸 셈이건만, 나는 늘 이 정도는 한다는 듯 여유롭게 카드를 지갑에서 꺼내 자연스럽게 서버에게 건네는 그의 손짓이 늘 이런 파인 다이닝에서 여자 친구를 호강시켜주는 남자 행세를 하는 것 같아 간혹 찜찜한 기분이 들기도 했으나, 누구 하나라도 억울한 사람이 있어서는 안 된다는 그의 말에 조리가 있다고 생각했다.

그래서 우리는 순조롭게 데이트 통장을 사용해왔고, 아직 결혼할 것도 아닌데 꽃다운 나이에 남자와 그렇게까지 더치페이를 해가면서 만나야 하냐, 외국 남자들은 여자가 더치페이하자고 하면 자신에게 호감이 없는 것으로 받아들일 정도다, 네덜란드에도 더치페이라는 건 없고 네덜란드 사람들은 그 단어를 싫어한다, 세계에서 데이트 통장이라는 게 있는 곳은 우리나라밖에 없다, 남자는 사랑하는 여자에게 당연히 돈을 쓰기 마련이다, 등등 친구들의 여러 가지 충고도 그냥 귓등으로 들었다. 데이트 통장을 쓴 지도 한참이 지나자 재영이 이제 우리도 슬슬 결혼 생각을 해야 할 때가 되어가니 단순히 유흥을 위한 데이트 통장으로 쓰지 말고 둘이서 매달 일정 금액 이상을 모아 결혼 비용을 우리 힘으로 알뜰히 마련해보자고 했을 때도 기꺼이 찬성했다. 그가 서른을 넘길 무렵이었다.

결혼은 닥쳐봐야 안다면서 그때 단호히 거절했어야 했다. 하지만 거의 범죄 수준으로 멍청했던 나는 그저 '결혼을 준비하기 위해 둘의 사랑이 담긴 공동 통장'

이라는 말에 눈이 멀어 내가 들던 적금도 해약해 정기예금에 넣어버리고 급여의 상당 부분을 달마다 그놈의 '공동 통장'에 내놓았던 것이다! 아까도 말했지만 그 계좌의 예금주는 바로 이재영! 원래부터 이럴 속셈이었는지는 모르겠지만 월급날마다 현금을 직접 인출해서 자신에게 주길 원했다. 그게 뭔가 아날로그적인 느낌을 줘서 정이 간다나? 그때는 그저 아 현금이 편해서 좋은가 보다, 하고 그냥 그 말을 들었던 과거의 내 뺨을 이 미친년, 하면서 사정없이 후려치고 싶다. 그 돈을 돌려받기 위해 경찰에 신고라도 하려고 알아보니 이체를 하지 않고 현금으로 건넸기 때문에 증거가 없었다. 전화나 문자, 카톡으로 돈 이야기를 꺼내면 그는 내가 그에게 돈을 주었다는 증거를 모으기 위해 암약하는 중이라는 것을 귀신같이 알아채고 동문서답으로 일관했다. 회계팀에서 몇 년 째 유능한 직원으로 인정받는 직장인다운 처신이었다. 얼마 안되는 퇴직금이 엄혹한 서울의 월세와 공과금으로 다 나가버리고 당장 쌀 살 돈도 궁하게 되자 나는 그에게 내가 부은 액수를 돌려달라고 몇 번이나 애원했지만 대꾸조차 없었다. 손에 뭔가 쥐게 될 것 같으면 곧바로 주먹을 꽉 닫아 절대로 제 손가락 사이로 한 치도 빠져나갈 수 없게 하는 그다운 처신이었다.

친구들 사이에서도 술 한잔 살 줄 모르는 자린고비라고 말이 많았지만 그는 끄덕도 하지 않았다. 직장 생활 5년 동안 온갖 더럽고 치사한 꼴을 참으며 따로 모아둔 얼마간의 돈이 완전히 날아가버릴 지경이 된 것이다. 내 전화번호를 차단한 그의 사무실로 전화를 걸어 내 돈 내놓으라고 바락바락 소리를 쳤지만, 그는 능글맞게 웃으며 위자료로 받아둘게, 라고 할 뿐이었다. 뭣이 어째? 위자료? 이 거지 같은 자식이 정말!

"위자료? 차인 건 난데 왜 내가 위자료를 줘야 해?"
"어차피 내가 너랑 사귄 건 널 건실한 여자라고 생각했기 때문이야. 그래서 너와 함께 착실하게 돈을 모아 함께 가정을 꾸려갈 탄탄한 계획을 내 딴에는 다 세우고 있었다고. 그런데 네가 별일도 아닌 일 가지고 나약하게 직장을 자진 사직해서 내 인생 계획에 큰 차질을 줬잖아? 나는 이 나이에 다시 여자를 만나거나 소개받아서 가정을 꾸리기 위한 노력을 처음부터 다시 해야 하니까 너에게 투자한 게 전부 0으로 돌아간 거야. 오히려 마이너스에서 다시 시작해야 하는 셈이지. 내 시간과 정신적 에너지, 각종 비용까지 말야. 넌 내 미래에 협조하기로 합의했잖아? 그래 놓고 네 마음대로 회사를 그만둠으로써 나와의 약속을 어긴 거야. 내가 착착 밟아나가던 계획을 네가 망쳤으니 내가 위자료를 받아야 하는 건 당연한 것 아니야? 그동안 너에게 쓴 돈까지 토해내라는 말은 안 해. 하지만 난 이 정도는 받을 자격이 있다는 생각이 든다. 정 억울하면 경찰이라도 불러봐!"

이런 개 풀 뜯는 소리가 들려왔다. 입금 내역이 없으니 증거도 없고, 진짜 경찰을 부른다면 그는 얼마든지 시치미를 뚝 뗄 것이다. 그래도 나는 을러볼 수밖에 없었다.

"얼어 죽을 소리 하지도 마! 경찰에 당장 신고할 거야!"

"할 테면 해봐. 그리고 잘 알아둬. 너랑 섹스하는 거, 진짜 밍밍했어. 억지로 흥분하는 거 얼마나 힘들었는지 알아? 넌 완전 불감증이야, 불감증. 그거 모르겠니? 그러니 그 돈은 내 고생에 대한 위자료도 되는 거지. 그럼 안녕. 이제 너 SNS고 뭐고 차단한다. 회사에 자꾸 전화하면 접근금지명령 신청할 거야."

찰칵, 전화가 끊겼다.

뭐, 접근금지명령을 신청해? 그게 과연 성립이 될지는 모르겠지만, 그건 지금 돈을 쥔 재영이 빨판상어처럼 온 힘을 다해 그걸 붙잡고 내놓지 않으리라는 결의가 확고하다는 뜻이었다. 게다가 불감증? 내가? 여고생 때 얼결에 첫 경험을 치르고 나서 워킹홀리데이니 교환학생이니 취업 준비 때문에 바빠서 첫 직장에 취직한 후에야 거의 처음으로 사귄 정식 남자 친구인 재영이 유일한 섹스 파트너였기에 비교해볼 대상이 없는 것이 통탄스러웠다. 내가 불감증? 정말로? 그렇지 않아! 네놈이 매력도 정성도 기술도 없는 거라고! 고량주 한 병 더! 없어? 없으면 더 사러 갈 테다! 현관문 손잡이를 여는데 갑자기 문이 바깥쪽에서 열려서 나는 복도에 나가 떨어졌다. 누구야!

"아니, 아가씨. 초저녁부터 술 취해서 이게 뭐하는 짓이야?"

앗, 내가 살고 있는 다세대주택 주인아줌마다. 난 벌떡 일어서서 정신을 가다듬으려 했지만 팔다리가 실 끊어진 마리오네트처럼 형편없이 흐트러졌다.

"아하하……. 아줌마, 안녕하세요. 저, 어쩐 일이신지……."

"어쩐 일은 무슨 어쩐 일! 어제가 월세 입금일이었는데 입금이 안 돼서 내려왔지!"

앗, 벌써 월세 입금일이……. 월세나 공과금 내는 날은 참말 빨리도 돌아온다. 급히 이력서 써서 구직 사이트를 헤매면서 면접 본다 만다 하면서 그새 어영부영한 달을 보내버렸구나. 결국 이재영 그 새끼한텐 아무 보상도 못 받았다. 경찰에 찾아가봤지만 내 말을 진지하게 들어주지도 않았고 이런 경우에 민사소송을 건다해도 돈을 회수할 수 있는 확률은 영 퍼센트에 가깝다며 오히려 소송비용이 더 부담스러울 거라고 차갑게 잘라 말했다. 계좌 이체라도 했으면 증거가 남아 뭐라도 해볼 수 있겠지만 나는 그놈의 '아날로그 감성'이라는 입에 발린 말에 현찰을 건넸으니 여러모로 등신이었다. 어차피 그에게 돈이든 뭐든 뭔가 받아낸다는 건 불가능에 가까운 일이었다. 커플 링을 맞출 때도 돈 백 원까지 정산해서 각자 돈 내자고 하고 또 그렇게 한 인간이니까. 그런데 어쩌나, 이 아줌마 무지 깐깐한데…….

"저, 죄송해요. 지금 형편이 좀 그래서……. 조금만 더 기다려주세요."

"못 기다려요! 여기가 얼마나 알토란 같은 집인데, 요 몇 푼 안 되는 돈 체납하는 세입자 안 받아도 얼마든지 입주하겠다는 사람이 쌔고 쌨어! 내일까지 입금 안 되면 바로 짐 뺄 준비해."

"아줌마……. 저기……, 그래도 시간을 좀 주셔야죠."

"아니 여기 세 들 사람 줄 서 있다니까? 위치도 좋고 교통도 좋고 월세도 안 비싸고! 뭐 임대차보호법이니 그런 소리 할 생각 말고, 월세 체납하면 어차피 보증금 강제 압류하게 되어 있으니까 돈을 구해봐요. 나도 땅

파서 집 지은 거 아니니까. 내가 특별히 생각해서 이틀은 기다려줄 테니까, 잘해봐요."

뭐 저런 아줌마가 다 있어! 피도 눈물도 없는 년 같으니라고……. 아무리 조물주 위에 건물주 있다지만 본인은 나같이 불쌍한 젊은 시절이 전혀 없었던 거야……? 정말이지 난 뭐람. 스물아홉, 이제 아주 싱싱하다고는 할 수 없는 나이에다가 직장 생활 해서 돈은 조금 모아놓긴 했지만 쥐꼬리만 한 저축액 말고는 전 남자 친구한테 죄다 사기당해 날려 무일푼이나 마찬가지다. 이렇게 된 거 아예 도둑질이라도 해서 월세를 낼 수밖에 없어! 나는 도둑질해도 돼! 도둑질할 충분한 자격이 있어! 왜냐하면 이 사회가 나에게서 너무 많은 것을 빼앗아갔잖아? 사회로부터 당연한 걸 돌려받는 거야! 좋다 에잇, 일단 가까운 옆집부터 털자!

나는 무슨 용기였는지 몽롱한 취기에 호기롭게 옆집 문을 덜컥 열었다. 엥? 그런데 옆집 문이 갑자기 활짝 열렸다. 앗, 누가 내가 옆집 문을 이렇게 벌컥 열고 있는 걸 보면 어떻게 생각할까? 너무 놀라 나도 모르게 현관 안으로 쏘옥 몸을 감추고 문을 닫고 말았다. 흐음, 이 원룸도 우리 집과 똑같은 구조로 되어 있구나. 열 평도 안 되는 작은 평수에 어울리는 자그마한 싱크대, 신발장, 냉장고, 텔레비전, 디브이디 플레이어. 그래도 이 집은 다 고급이군. 저런 프로젝션 텔레비전까지 있잖아? 언뜻 보아도 고급으로 보이는 소파와 드럼 세탁기. 빌트인되어 있는 게 아니니 본인 세간이군. 그리고 혼자 쓰기엔 큰 슈퍼 싱글 베드. 우리 집과 껍데기는 같아도 내부는 하늘땅 차이로 완전 고급스러웠다. 그런데 그 베드 위에……. 에에? 사람이 있다!

가끔 눈인사만 주고받았던 옆집 총각이었다. 아직 초저녁인데 침대 위에 누워 푹 잠들어 있었다. 나이는 나보다 서너 살 아래일까? 몇 달 전부터 이 다세대 원룸에 살기 시작했던 것으로 기억하는데. 그땐 제대한 지 얼마 안 됐는지 짧은 머리와 새카맣게 탄 얼굴에서 군인 티가 팍팍 나더니 이젠 얼굴색이 많이 돌아와 약간 까무잡잡한 옅은 갈색 피부가 보기 좋은 혈색을 띠고 있다. 너무 짙지도 흐리지도 않은 모양 좋은 눈썹을 살짝 덮을 정도로 자란 앞머리도 염색을 했는지 윤기 나는 고동빛이었다. 취기에 나 스스로도 믿을 수 없을 정도로 우습도록 대담해진 나는 신중하게 현관문을 잠갔다. 다행히 우리 집과 같은 구조라서 수월하게 잠글 수 있었다. 혹시 모르니까 보조 잠금장치도 다 채우고, 다시 그를 바라보았다. 피곤해서 옷을 벗다 그대로 잠든 듯, 세 개쯤 열린 셔츠 단추 사이로 단단해 보이는 가슴 근육이 살짝 보였다. 트레이닝복 바지 차림인 걸 보니 운동을 하고 와서 그대로 지쳐 잠이 든 것 같았다.

두근.

어쩐지 가슴이 쿵쿵거렸다. 뭐지? 이재영이 아무리 수십 번 수백 번 옷을 벗어도 느끼지 못한 이 기분은……. 하기야, 늘 접대다 뭐다 하며 일에 지치고 이차 업무에 지친 그의 파김치 같은 몸에선 이런 걸 느낄 수 없었다. 15시간 이상 책상에 앉아 있고 그 울분을 푸느라 별식으로 치맥을 즐기는 삼십 대 이상 남성들이 필연적으로 가질 수밖에 없는 가느다란 팔다리에 볼록한 배를 지녔던 재영의 ET 몸매. 그럼 이건 뭐야? 탄탄한 어깨와 쇄골, 목이 짧아 보일 정도로 우악스럽게 발달한 건 아니고 적당히 발달한 승모근, 옷깃 사이로 보이는 가슴근육, 쌀 한 가마니 정도는 너끈히 질 것처럼 튼튼해 보이는 그을린 두 팔. 설마, 이런 걸 욕망이라고 부르는 건가?

고량주의 취기가 두뇌를 마취라도 한 건지 나는 머릿속으로 온갖 생각을 다 하면서도 나도 모르게 스르르 침대 쪽으로 다가가고 있었다. 왜 그래 이지윤. 이 미친 년아. 너 돌았어? 빨리 네 집으로 돌아가. 현관문을 열고 빨리, 저 남자가 깨기 전에 너희 집으로 돌아가서 밀린 월세를 이틀 안에 내서 길거리로 쫓겨나지 않을 방도를 강구하란 말이야! 엉? 그러나 이놈의 손이 미쳤는지, 차가운 이성의 경고를 완전히 개무시한 채 나는 어느새 그 남자의 단추를 하나 더 풀고 있었다.

꺅! 내가 무슨 짓이야!

젊은 남자의 몸은 뜨겁고도 뜨거웠다. 약간 차가운 내 손가락이 슬쩍 닿자 약간 움찔하는 것 같았지만 여전히 세상모르고 잠에서 깨어날 줄 몰랐다. 나는 조금 더 대담해져 마지막 하나 남은 셔츠의 단추를 마저 풀었다. 마치 고운 보자기로 싼 꾸러미를 풀 듯 헐렁한 셔츠를 양쪽으로 젖히자……, 마치 아이가 사탕 껍질을 벗기듯 마음이 들떴다. 심장소리가 점점 커져서 나를 잡아먹고 쿵쾅, 쿵쾅하며 그 남자까지 깨울 듯했다. 남자의 옷을 벗기는 게 이렇게 흥분되는 일이었던가? 하긴, 재영은 언제나 나에게 덤비듯 닥쳐와서 내 옷을 벗겨낼 줄만 알았지, 내가 그의 옷을 벗겨볼 기회는 한 번도 없었다. 하긴 벗기고 싶을 만큼 근사한 몸매도 아니었지. 내가 이삼 킬로만 찌면 저는 무슨 몸짱이라도 되는지 자기 관리 좀 하라고 입바른 소리를 하던 주제에. 제 눈의 들보는 못 보는 주제에 언제나 내 옷을 벗긴 후 허겁지겁 자기 단추를 풀고, 지퍼를 내리고……. 나는 그동안 그가 자기 옷을 끌어내리는 걸 보며 머릿속으로 종종 딴생각을 했지. 완전히 패턴이 되어버린 이 섹스에 너무 익숙해져서. 아직도 취기가 가시지 않은 머리로, 옆집 남자의 원룸에 무단 주거침입을 해서, 잠든 남자의 단추를 풀면서 난 벌써 몸 안쪽이 흠뻑 젖어든 걸 느끼고는 훅 하고 숨이 막혔다. 재영에게는 한 번도 느껴본 적 없는 습기였다.

회색 트레이닝복 바지로 시선을 내리니 묵직하게 고개를 들고 있는 무언가를 볼 수 있었다. 뭣에 홀린 사람처럼 나는 솜털이 몇 개 자라난 그의 가슴을 살짝 만졌다가 트레이닝복 바지로 천천히 손을 옮겨갔다. 그가 지금 깨어나면 무단침입에 강제추행죄가 성립되겠지. 이 여자야 빨리 일어나서 나가! 네 집으로 돌아가라고! 하지만 내 손은 말을 듣지 않았다. 어쩌면 지금 술에 취했으니 심신미약 핑계를 댈 수 있을까? 하필이면 나는 집에서만 입는 허릿단이 고무줄로 된 편하디 편한 긴 치마 차림이었다. 내 손은 계속 내 말을 듣지 않고 치마를 걷어 올렸다. 그 안에 들어 있는 건 얄팍한 팬티 한 장뿐이다. 승부용의 위아래가 맞는 섹시한 란제리 같은 걸 지금 입고 있을 리가 없다. 카카오톡 라이언이 엉덩이에서 웃고 있는, 하도 오래 입어 고무줄이 헐렁해진 팬티는 약간 손을 대는 것만으로도 흘러내려 갔다. 그럼, 이제는……. 나는 살며시 그의 위에 올라갔다. 지금 그가 잠에서 깨어나면, 경찰에 신고해서 나를 강간죄로, 혹은 추행죄로 고소하려나? 아직 창창한 나이에 성범죄자가 되면 전자발찌를 착용해야 하나? 온갖 상념이 머릿속에서 빙글빙글 돌아가면서도 하반신에서 느껴지는 희열이 잡생각을 덮었다. 갑자기 그가 나를 와락 끌어안아 소스라치게 놀랐다. 그러나 이내 그의 입에서 나오는 신음 섞인 소리들을 식별한 후에야 안심하고 마음껏 허리를 움직였다.

"연정아, 난 네가 돌아올 줄 알았어……. 너도 나 못 잊은 거지? 나도 그동안 너 한 번도 잊었던 적 없어……. 진짜 보고 싶었어. 향수 바꿨나 봐, 그치, 으음……, 연정아, 와줘서 고마워……. 맨날 나 네 꿈꾸고 그랬던 것 알아, 앗, 좋아……. 연정아……. 진짜 좋아……."

그는 내가 볼일을 다 볼 때까지 잠에서 깨어나지 않았다. 간혹 으음, 하고 신음하며 몸을 트는 걸 보니 환상인지 현실인지 구분을 못 하고 있는 듯했다. 그래, 끝까지 그렇게 생각하도록 해, 베이비. 내 이름은 연정이야. 이 방을 나갈 때까지. 잠든 그가 깨어날까 봐 손으로 입을 막아 신음 소리가 새어나가지 못하게 해야 했다. 안 나오는 신음 소리를 짜내야 하던 재영과의 섹스

와는 질이 달랐다. 나는 무슨 일이 있었는지도 모르고 서서히 힘이 빠져가는 그의 늠름한 물건을 잠시 감사의 마음을 담아 쳐다보았다. 그리고 책상 위에 있는 최신형 아이패드를 슬그머니 집어 들었다. 옆에는 애플 에어팟이 있었다. 그것도 집었다. 아이패드 펜슬도 있네? 이것도 접수. 나 너무 그간 헐값으로 살았는데 꽃값은 받아야지. 중고로 팔면 월세 정도는 융통할 수 있을 것이다. 어머 도둑년. 도둑년, 하고 스스로에게 놀라면서 나는 살그머니 내 집으로 돌아왔다. 사람이 코너에 몰리면 못 하는 짓이 없구나.

어쩌면, 나는 미친 척하고 내일도 저 문을 열지 모른다. 내가 이런 여자구나. 나도 이제 나라는 여자를 잘 모르겠다. 당분간은 내 안에 있는지도 몰랐던 이 낯선 여자와 함께 살아가야 한다. 너, 누구니? 그 안에 이런 내가 있었니? 얘, 우리, 어디로 가야 하지? 응? 또 그 집에 가자고? 난 몰라, 지금 얘가 뭐라는 거야! 중고거래 게시판에 접속해 '아이패드 최저가로 팝니다', '아이패드 펜슬 처분합니다' '에어팟 급처'라는 게시물을 연달아 작성하면서, 나는 내 안에서 목소리를 자꾸 키우는 어떤 여자를 느낀다. 그동안 이재영 때문에 고개도 못 내밀었던 게 억울한지 기세가 상당하다.

어쩌면 그녀는 너무 힘이 세져서 곧 나를 눌러버리고 자신이 전면에 나설지도 모른다. 그렇게 되면 뭐 또 어떻겠는가. 뭐 어떻겠냐고? 이렇게 생각하는 나는 도대체 누구지? 누구세요? 거기 안에 누구시냐고요. 우리 얘기 좀 해요. 그러면서 나는 중고 매물에서 전기충격기를 검색한다. 재영도 한번 찌릿찌릿한 맛을 보고 나면 제정신으로 돌아올지도 모른다. 아, 근데 내가 원하는 정도의 전류를 사용하려면 경찰서에 총도검류 사용 허가를 받아야 하네? 아이씨 미국에선 마트에서 총이랑 총알도 세트로 판다는데 성가시게시리……. 면밀하고도 냉정히 머리를 굴리다가 다시 나는 흠칫, 놀란다. 아니, 당신, 아가씨, 댁은 도대체 누구세요? 내 안에 지금 계신 분, 누구예요? 누구냐고요. 우리 오늘 처음 만나는 것 같은데, 얘기 좀 해요. 나는 팬티를 벗어 세탁기에 던진다. 저 팬티는, 내 팬티가 아니다. 그럼, 누구 팬티야? 모른다, 나는 아무것도.

부장님 죄송해요

업무 시간이 끝나고도 1시간이 지났다. 윗사람들의 눈치를 보면서 젊은 직원들이 하나둘 퇴근했다. 화정은 포털 뉴스 창을 아무 데나 클릭했다. 30분 전과 달라진 건 없었다. 여자 연예인이 출산 2주 만에 명품 몸매로 돌아와 비키니 화보를 촬영했고, 수년 동안 신뢰감 가는 연예인 1위를 차지했던 남자 탤런트가 뺑소니 사고를 내고 달아났다. 부장도 일찍 일어날 셈인지 가방을 챙겼다. 화정도 엉거주춤 일어났다.

"부장님 웬일로 일찍 가시게요?"

"응, 애들하고 좀 놀아줘야지. 화정 씨 안 들어가? 프라이데이 나이트 아냐, 불금! 젊은 사람이 친구도 좀 만나고 그래야지. 자, 일찍 가봐."

화정 씬 그걸 생각이라고 하는 거야? 자긴 머리가 없어? 머리는 디스플레이용이니? 하고 쏘아붙이던 아까 회의 시간과는 달리 사뭇 부드러운 목소리였다. 4시부터 미리 보내놓은 메시지들은 하나같이 묵묵부답이었다. 어느새 사무실이 거의 텅 비어서, 화정이 클릭하는 마우스 소리만 달칵달칵 커다랗게 들렸다.

"사랑합니다, 고객님."

벨이 한 번 울리자마자 받은 휴대폰에서 울리는 소리는 이따위였다. 사랑은 무슨 사랑. 대학 입학 후 남자 친구가 없었던 적이 거의 없었건만 오늘처럼 정작 필요할 때는 없었다. 친구에게 전화가 걸려와 화정은 반색을 했지만, 남자 친구와 서래마을 어디 분위기 좋은 레스토랑에 있다는 자랑질이었다.

"여기 너무 좋다. 이따가 우리 W 호텔에 가서 운우지정을 나눌 거지롱. 거기 완전 좋대!"

"좋겠다……. 진짜 부럽다."

"왜 오늘 땡기냐? 배란기야?"

"몰라. 몸이 고프다."

"그럴 땐 남자가 약인데. 쟁여 놓은 남자 없어? 평소에 부지런히 킵해놔야지."

사무실엔 아무도 없었지만 그래도 누가 들을까 화정은 한 손으로 수화기를 막고 소곤거렸다.

"나쌍. 하나도 없어. 누구랑 하는 게 문제가 아니라 어떻게든 살이라도 부비고 싶다."

"천하의 이화정이 하고 싶은데 남자랑 못 하는 날이 있어? 호빠라도 가지?"

"연봉 이천 받으면서 호빠는 얼어 죽을. 이럴 땐 남자들 부럽다……. 여자한테 해주는 키스방은 없나? 한 칠만 원쯤이면 감당할 용의 있는데."

"어머 캐비아 나왔어 캐비아. 우리 밥 먹어야 돼. 끊어."

하릴없이 고스톱 새 창을 여는데 문자 알림이 울렸다. 방금 전화한 친구였다.

'좋은 생각났음! 탄핵 시위하는 광화문 광장이나 가보삼. 여럿이서 데모하고 살 부비면서 애국할 수 있지 않겠삼?'

실시간 속보를 보니 과연 운집한 군중들이 손에 손마다 초를 들고 광장에 성냥갑 속 성냥처럼 빼곡히 서 있었다. 댓글도 초스피드로 올라왔다. '지금 경찰 물대포 쏠 것 같음! 광장으로 와주세요!' '올 수 있는 분 모두 광장으로! 촛불의 힘을 보여줍시다!'

갑자기 정의감이 치밀어 화정은 바로 일어났다. 광화문역에서 내리자마자 경찰이 폴리스 라인을 엄중히 쳐놓은 광경을 보자 비장해지기까지 했다. 화정은 금방 군중에 섞여들었다. 한결 마음이 편해졌다. 누군가 양초를 끼운 종이컵을 건넸다. 다른 사람은 자신이 든 초를 기울여 화정의 초에 불을 붙여주었다. 금세 마음이

따사로워진 화정은 용기를 내서 함께 소리쳤다. 박근혜를 탄핵하라! 박근혜는 물러가라! 앞에서 마이크를 든 누군가가 외쳤다. 우리 모두 청와대로 행진해서 시민의 분노를 보여줍시다! 사람들은 거리로 나섰다. 기다렸다는 듯 경찰 방송차에서 건조한 목소리가 흘러나왔다.

"여기는 대한민국 경찰입니다. 여러분은 지금 도로교통법을 어기고 있습니다. 관할 남대문경찰서장이 알려드립니다. 법치국가의 시민답게 지금 즉시 인도로 올라가 주시기 바랍니다. 준법정신을 지키지 않을 경우 바로 강제해산에 들어가겠습니다."

사람들은 우우 하고 야유했다. 살수차가 탱크처럼 앞으로 나아왔다. 시위대는 물러서지 않았다. 강한 물줄기가 날아왔다. 사람들은 비명을 지르며 몸을 움츠렸다. 앞에서 물대포를 맞은 학생이 쓰러졌다. 남자들이 우렁차게 소리쳤다. 여자들은 뒤로 가요! 화정은 어쩐지 든든히 보호받고 있는 듯한 기분이 들었지만 그렇다고 물줄기가 여자들을 피해 가는 건 아니었다. 화정도 물벼락을 두어 번 맞자 살점이 떨어져 나가는 듯했다.

흠뻑 젖은 채 화정은 사람들과 팔짱을 끼고 구호를 외쳤다. 박근혜는 물러가라! 경찰청장 사과하라! 백남기를 살려내라! 이빨까지 딱딱 부딪힐 정도로 떨려 잠깐 물러나 주위를 보니 혼자 나온 사람은 화정뿐인 것 같았다. 우비 한 장을 서로 나눠 쓰는 커플도 있었고, 편의점에서 따뜻한 음료를 사 권하면서 어디 사세요, 저는 어디 사는데, 앗 저도 그쪽인데 이따 택시 같이 탈까요? 하면서 소개팅 자리에서나 할 만한 대화를 하는 남녀도 드물지 않았다. 화정은 편의점에서 꿀물을 사 마시며 중얼거렸다. 이것들이 나라 걱정은 안 하고……

자정이 가까워지자 시위 인원도 점차 줄어들었다. 아프도록 추웠다. 화정은 몸을 움츠리며 다시 한번 휴대폰을 들여다보았다. 도훈에게서 부재중전화가 걸려와 있었다. 좋은 사람인 거 아는데 그래도 싫어, 이런 타입이라 평소 도훈이 줄기차게 보내는 문자에 대여섯 번에 한 번 대답할까 말까였지만 오늘 화정은 가릴 처지가 아니었다. 스마트폰으로 도훈에게 자신이 좋아하는 일본식 주점의 위치만 달랑 전송했다. 바로 달려올 거라는 확신이 있었다. 화정은 먼저 가서 데운 사케를 마시

며 몸을 녹였다. 딱 맞는 온도로 따끈하게 덥혀진 술을
마시는 동안 조금씩 기분이 좋아졌다.

오늘 같은 날이라면 도훈의 어딘가 비굴한 태도, 짤
막하고 굵은 다리에도 대학생처럼 유행이 지나도 한참
지난 얼룩덜룩한 돌청 스키니진을 입는 차림새, 새로
산 전자기기나 오늘 회사에서 받은 별것 아닌 칭찬 같
은 걸 자랑 못해 안달 난 태도 같은 것도 참을 수 있을
것 같은 생각이 들었다. 두 잔을 채 비우기 전에 도훈이
술집으로 뛰어 들어왔다. 코트 한쪽이 완전히 물에 젖
은 화정의 꼴을 보자마자 도훈은 기겁을 해서 대통령
욕, 경찰 욕, 국회의원 욕을 있는 대로 해대면서 점퍼
를 벗어 화정의 어깨를 감쌌다. 그러면서 여자 혼자 몸
으로 시위에 참여한 화정의 시민의식을 입에 침이 마르
도록 칭찬하더니 자신의 무관심을 깊이 반성했다. 그러
는 내내 어찌나 도훈이 호들갑스럽게 굴던지 화정은 민
주투사라도 된 기분이 들어 으쓱했다. 도훈은 머플러도
마저 풀어 화정을 둘둘 감았다. 화정은 그런 대접이 싫
지 않았다. 술이 한두 잔씩 들어갈수록 도훈이 나름 괜
찮다는 생각까지 들었다. 내일 술이 깬 다음에는 어떨

지 모르겠지만, 오늘 혼자 잠들 싸늘한 원룸에는 온기가 필요했다. 화정은 거짓 섞인 어리광을 시작했다.

"나 좀 취한 것 같아. 아까부터 으슬으슬하고…….."

도훈이 화들짝 손사래를 쳤다.

"아휴, 당연하지. 그렇게 수고를 하고 지금 몸이 좋으면 이상하지. 나는 당연히 더 같이 있고 싶지만 화정 씨 빨리 쉬어야지. 잠깐만 있어봐."

도훈은 신속하게 카운터로 가서 계산을 했다. 어차피 화정이 낼 생각은 없었지만 어쨌든 이것도 플러스였다. 시간을 좀 지체한 다음 돌아온 도훈은 스스럼없이 화정의 어깨를 안았다. 화정도 뻐끗한 척 도훈의 팔에 기댔다. 택시가 화정의 집으로 향하는 내내 둘은 손을 꼭 잡고 있었다. 거기까진 괜찮았다. 꼬불꼬불 산동네를 택시가 다 올라가 화정의 집 앞까지 도착하자, 화정은 망설이는 척 말했다.

"도훈 씨, 추운데 커피 한잔 안 하고 갈래? 집에 괜찮은 원두 있어."

도훈은 갑자기 화정의 뺨에 쪽, 하고 입을 맞췄다.

"나, 정말 그러고 싶은데, 막 들어가고 싶은 마음이 굴뚝같은데, 그냥 참을래. 자제를 못할 것 같아. 저기…… 화정 씬 알지? 내가 전부터 자기 좋아했던 거."

어쩌라고, 알지, 자제를 하지 마. 아니까 오늘 같은 날 전화를 했고 여기까지 같이 온 거 아닌가. 얘는 다 큰 어른끼리 왜 이러지? 미소를 유지하느라 화정은 얼굴근육이 떨렸다. 도훈은 운동화로 아스팔트 바닥을 문지르며 얼굴을 붉혔다.

"나 아까 화정 씨가 막 떨고 있는 게 꼭 작은 새같이 보이더라……. 오늘 용감한 모습 보고 더 좋아하게 된 거 같아. 나한테 전화 준 게 화정 씨도 나랑 아주 다른 마음은 아니라고, 그렇게 생각해도 돼? 아니, 대답하지 마. 나 혼자 그렇게 생각할래."

이야기가 어디로 가고 있는 거야? 너 고등학생이니? 화정은 한 번 더 구슬러보기로 했다.

"저기, 잠깐만 들어갔다 안 갈래? 우리 집 바로 저기야."

"아니 아니, 그랬다간…… 내가 내 자신을 주체할 자신이 없어. 우리 오늘부터 시작하는 걸로 하고, 제대로 시작하고 싶어. 화정 씨 술기운 핑계로 나 나쁜 남자 되기 싫어. 앞으로 많이 아껴주고 싶어. 오늘부터 아낄래. 예쁜 사랑하고 싶어."

"주체하지 말라니까. 아끼지 마. 부탁이니까 나를 좀 함부로 대해라."

신음 같은 화정의 진심이었다. 도훈은 킥킥 웃으며 우리 화정 씬 농담도 잘해, 하더니 또 화정의 뺨에 입을 맞췄다. 하지 마, 얼굴 닿아! 화정은 속으로 욕을 했다. 도훈은 갑자기 약봉지를 꺼내 화정의 손에 꼭 쥐어주었다.

"아까 으슬으슬하다고 했지? 아까 계산하고 나가서

약국 찾는데 문 연 데가 없어서 한참 걸렸어. 이거 먹고 푹 쉬어. 우리 화정 씨 감기 걸리면 내 마음이 너무 아플 것 같아. 알았지?"

감기약을 손에 든 화정은 참담했다. 약국에서 콘돔이나 사 오지 이 멍청한 인간. 그러거나 말거나 도훈은 이번에는 화정의 이마에 쪽 하고 입을 맞췄다. 그리고는 흐뭇한 미소를 지으며 손을 흔들었다.

"우리 화정 씨, 잘 자! 나 오늘 이 순간을 영원히 기억할 거야!"

그리고는 도훈은 껑충껑충 뛰어갔다. 뛰어가면서도 도훈은 몇 번이나 이쪽을 보면서 손을 흔들더니 크게 외쳤다.

"우리 오늘부터 1일이다!"

화정의 얼굴이 순식간에 시뻘게졌다. 물론 부끄러워서 그렇게 된 건 아니었다. 1일 좋아하네! 집에 들어가

젖어서 무거운 코트를 벗어던지고 감기약을 팽개쳤다. 이럴 줄 알았으면 술이나 더 사 올 걸, 워낙 고지대에 있는 집이라 근처에 편의점 하나 없었다. 그래도 별 수 없었다. 아까 술집에서 차라리 흠뻑 취하지 않은 게 후회스러웠다. 취하려다 중간에 맥이 끊기는 게 꼭 똥 누다 끊은 것처럼 제일 싫었다. 어쩔 수 없이 화정은 끙, 하고 한숨을 쉬고 추리닝에 대강 다리를 꿰고 집을 나섰다.

살림방과 연결된 가게에 앉아 늘 이불을 두른 채 졸고 있는 주인 할머니가 화정이 술 사러 오면 대놓고 쯧쯧, 하고 혀를 차는 구멍가게 하나만 열었을 시간이었다. 절대 가고 싶지 않은 곳이었지만 별수 없이 운동화를 구겨 신었다. 화정은 도훈이 한층 더 원망스러웠다. 바보, 천치, 머저리. 실컷 패주고 싶었다. 드르륵, 하고 미닫이문을 열자 구멍가게 할머니는 여전히 이불로 어깨를 두른 채 꼬박꼬박 졸고 있다가 한쪽 눈을 뜨더니 혀를 쯧, 하고 찼다. 또 너냐는 표정이었다. 또 자신인 게 부끄러워 화정은 시선을 어찌할 줄 몰랐다. 냉장고 몸통에는 6년 전쯤 목을 매달아 자살한 여배우가 환하게 웃고 있는 색 바랜 포스터가 붙어 있었다. 할머니는 소주 한 병, 맥주 두 병을 부스럭부스럭 검정 비닐에 담아 내밀었다. 화정이 돈을 건네자 할머니는 손금고에서 잔돈을 꺼내 주다 말고 헛기침을 했다.

"즈기 말여……"
"네?"

화정은 깜짝 놀아 움츠러들었다. 할머니는 이불로 몸을 감싸며 하품을 했다. 이불 안에 웅크리고 있던 못생긴 고양이가 화정을 바라보며 야옹, 하고 울었다.

"다 마시구 나면 병 말여, 도로 갖고 오라구. 맥주병은 오십 원, 소주병도 얼마간 쳐주니께. 다 재활용으로 버려버리면 아깝잖여."
"네……"

화정은 허리를 굽혀 꾸벅 인사를 하고 구멍가게를 나섰다. 괜히 놀란 스스로가 또 한심했다. 그런데 놀랄 일이 아직 남아 있었다. 운동화를 구겨 신고 터벅터벅 걷는데 캄캄한 골목길에 그림자가 불쑥 나타났다. 화정은 하마터면 비명을 지를 뻔했다. 남들은 여학교 때 한 번은 다 보고 지나간다는 속칭 바바리맨이었다. 화정은 6년 내내 여중고를 다녔는데도 이번이 처음이었다. 보통 바바리 안에 아무것도 입지 않고 홀딱 벗고 있는 게 정석이라더니 이 바바리맨은 날씨가 추워 그런지 상체에 남방을 하나 걸치고 아래는 홀딱 벗었지만 양말에 구두까지 갖춰 신은 차림이었다. 오늘 하루 종일 너무 피곤해서 제대로 놀라지도 않아 화정은 바바리맨을 그저 멀뚱멀뚱 쳐다보았다. 그가 자랑스럽게 내밀고 있는 성기는 날이 쌀쌀해서 조금 오그라든 것 같았다. 야밤에 알지 못하는 처자에게 자랑스럽게 내밀 만큼의 사이즈가 안되어 오히려 애처로울 정도였다. 듬성듬성한 음모 곳곳에 흰 털이 눈에 띄었다. 소름이 돋은 맨다리도 소독저처럼 빈약해서 무섭기보단 우스웠고 우습기보단 서글펐다. 바바리맨은 화정에게 턱짓을 했다.

"야, 빨아봐!"

화정은 넋을 놓고 있다가 갑자기 화가 솟구쳐 빽 소

리쳤다.

"야 이 새끼가, 부탁을 하려면 공손하게 해야지!"

바바리맨은 흠칫 놀란 눈치였다. 어깨에 멘 배낭을
고쳐 들며 잠깐 생각하더니 더듬더듬 다시 말했다.

"음…… 그럼…… 저기, 빨아주…… 실래요?"
"가까이 와봐! 자세히 좀 보게."

갑자기 바바리맨은 자랑스럽게 양팔을 벌려 쥐고 있
던 코트 자락을 꼭 여몄다. 화정은 깜짝 놀랐다.

"왜? 빨아달라며?"

바바리맨은 갑자기 덜덜 떨더니 달아나기 시작했다.
화정은 황당해서 운동화를 고쳐 신고 바바리맨을 쫓았
다. 역시 하체 근육이 빈약한 바바리맨은 빨리 달리지
못했다. 화정은 쫓으며 소리쳤다.

"이 새끼가 왜 이랬다저랬다야? 한번 빨아달라며! 어디 가서 또 엄한 여자 잡고 이러려고 그러지!"

바바리맨이 이쪽을 돌아보았다. 어이없게도 사냥꾼에게 쫓기는 아기 사슴 같은 눈빛이었다.

"왜 이래요! 따라오지 마세요!"

화정은 억울했다. 변태는 저 인간 아닌가. 분노의 에너지로 화정은 날듯이 달렸다. 계속 겁에 질린 눈으로 뒤를 돌아보며 달리다 바바리맨은 코트 자락이 다리에 휘감겨 넘어졌다. 무릎이 깨졌는지 뒹구느라 바바리맨의 성기는 쪼그라든 채 흙 범벅이 되었다. 화정은 측은한 마음이 들어 물었다.

"괜찮아?"
"가까이 오지 마세요! 저리 가세요!"

바바리맨은 한껏 몸을 가리며 소리쳤다. 화정은 어이가 없었다.

"아니 빨아달라면서 이리 오랄 땐 언제고 이게 왜 이래? 한번 보고 마음에 들면 빨아줄 수도 있어. 자세히 좀 보게 손 좀 치워보지?"

바바리맨은 양손으로 성기를 필사적으로 가렸다. 그러더니 백팩을 열어 바지를 꺼내 성기를 최대한으로 가리면서 양발을 꿰려고 애썼다. 머리가 조금 벗어진 걸 빼면 생긴 것도 여의도 어디서 차장쯤 근무한대도 믿을 만큼 멀쩡한 인상이었다. 멀쩡한 인간들이 왜 이러고 다녀? 이러면서 회사 가면 근엄한 체하겠지? 갑자기 머리에 열이 뻗친 화정은 냉큼 백팩을 빼앗아 멀리 던져버렸다.

"벗을 땐 네 맘대로 벗었지, 입을 땐 아니야! 나 안 그래도 오늘 되게 하고 싶은 날이었는데 쉽질 않더라고. 이 시간에 굳이 가방 싸 들고 변태 짓하는 거 보면 너도 하고 싶은 거잖아! 어디서 내숭이야?"

화정은 무력행사에 들어갔다. 성기를 가리고 있는 바

바리맨의 손을 제치려는데 갑자기 바바리맨이 벌떡 일어났다. 화정은 흥미롭게 바바리맨을 쳐다보았다. 그런데 바바리맨은 덥석 무릎을 꿇었다. 고개를 푹 떨어뜨린 바바리맨의 입에서 주절주절 말들이 새어나왔다.

"저 원래 이런 놈 아닙니다. 오늘은 일진이 더럽게 안 풀려서, 부하 직원 놈은 더럽게 말 안 듣고, 이사라는 새끼한테는 밤낮 쪼이고……. 자식새끼는 성적은 맨날 바닥을 기는데 오늘도 학교 빠지고 몰래 피시방에 간 거 제 엄마가 잡아 오고, 무릎 꿇으랬더니 코웃음을 치네요……. 아이폰인지 뭔지 밤낮 사 달래서 성적 올린다 약속받고 사 줬더니 이번에는 최신형을 내놔라 어째라……. 밤낮 유튜브인지 뭔지 보느라 요금도 한두 푼이 아닌데 이젠 뭐 학교를 안 다니고 유투버가 되겠다나요……? 그래서 있는 것도 압수라고 했더니 아버지가 뭐냐대요……. 벌써 고등학생이라 힘으로 안 뺏어지고 애비를 아주 밥으로 알고 저를 확 밀치고 밖으로 튀어 나갔네요……. 나동그라져서 얼마나 황망했나 몰라요. 오늘 제가 속도 너무 상하고 못된 맘으로 이랬습니다. 저 원래 이런 사람 아니에요. 자주 안 그래요. 저 좀 보내주세요⋯⋯."

바바리맨의 눈에는 어느새 눈물이 고여 있었다. 화정
은 맥이 탁 풀렸다. 그의 어깨라도 두드려주고 싶었다.
그러나 한 걸음 내딛자 바바리맨은 소스라치며 뒤로 벌
러덩 넘어졌다. 그러더니 엉금엉금 뒤쪽으로 기며 골목
을 향해 고래고래 소리를 질렀다.

"손대지 마세요! 살려주세요! 저 강간당하려고 해요!
사람 살려요!"

화정은 황당한 나머지 버럭 소리쳤다.

"이 아저씨가 누구보고 미친 여자래! 내가 먼저 벗고
들이댔어? 네가 그랬잖아! 솔직히 네가 지금 강간을 당
하고 싶은 거 아니야!"
"아니에요! 안 그러겠습니다!"

간신히 바지를 꿰입은 바바리맨은 부리나케 도망치
기 시작했다. 뛰어가다가 바바리맨은 또 엎어졌다. 간

신히 일어났다 또 엎어졌다 하며 바바리맨은 사투를 벌였다. 화정은 신경을 끄기로 하고 아까 놔둔 술병을 찾아서 집으로 돌아갔다. 혼자 마시는 술은 잘 취하지도 않았다. 새벽은 밝아올 줄을 몰랐다. 밤은 까맣고 고즈넉했다. 마침내 새벽이 올 때 즈음에, 갑자기 마음의 가장자리가 와장창 무너져 내렸다. 화정은 조용히 "시발……" 하고 중얼거리고는 잠이 들었다. 뺨에 눈물이 말라붙어 있는 것도 같았지만, 오늘은 아주 여러 명이 운 날이었다. 다들 운수가 나쁜. 아까 광장에서 함께 불렀던 소녀시대의 노래를 자기도 모르게 화정은 흥얼거렸다.

울지 않게 나를 도와줘.

내가 도대체 뭘 잘못했나요

고양이 타미가 거울 앞에 바싹 다가앉은 수연의 다리에 통통한 몸을 비비며 야옹거리고 울었다. 주인이 화장대 앞에 앉기만 하면 이윽고 어딜 나간다는 것을 숙지한 고양이의 실낱같은 항의였다. 수연은 손을 내밀어 커다란 양파처럼 크고 둥근 타미의 턱을 간질였다. 종자가 있는 것도 아니고 칠 킬로그램이나 나갈 정도로 덩치가 크지만 마치 아기 고양이처럼 애처롭게 야옹거리는 목소리를 가진 타미는 수연에게 보물이었다. 매일 새벽에 가까운 아침 시간에 회사 통근 버스를 타고 출근해 늦게서야 들어와 침대 위에 몸을 짐짝처럼 부려놓는 수연, 백육십 센티미터에 오십 킬로그램이 될까 말까 한 호리호리한 몸으로 억세게 휴일 근무를 자처하는 수연, 근무 일정이 없는 휴일에는 네일 아티스트 자격증 교육을 받으러 가는 수연이었기에 타미가 원하는 만큼 함께 있어줄 수가 없었다. 몸을 부비적대며 타미는 계속해서 부드럽게 항의했다. 하지만 오늘은 타미가 원하는 대로 있어줄 수가 없었다. 특근이 없는 일요일, 오늘은 수연의 스물다섯 번째 생일이었다.

이제 나도 이십 대 중후반인가.

'후'자는 웬만하면 떼어버리고 싶었다. 수연은 조그만 자취방에 블록을 끼우듯 억지로 끼워 넣은 화장대 앞에 앉아 눈썹을 정리하고 얼굴의 쓸데없는 솜털을 제거한 뒤 에센스처럼 진득한 제형의 스킨을 얼굴에 톡톡 두들겨 발랐다. 일자눈썹이라 삐져나온 눈썹만 살짝 깎아내면 되었고, 아치형의 눈썹을 가진 여자들만큼 성숙해 보이지는 않았지만 어리고 순진해 보여 눈썹에 별 불만은 없었다. 이제 스물다섯이면 여자애가 아닌 여자, 니까 어릴 때처럼 동안이 마땅찮을 시기도 지났다. 태주가 수연을 좋아한 이유도 그럴 것이다.

친구의 소개로 태주를 만난 첫날, 카페에 마주 앉은 지 10분도 되지 않아 그가 말했다. "아이유 닮으셨네요." 얼굴이 빨개지며 무슨 그런 소리를 하시냐고 고개를 살짝 숙였는데 테이블 위에 올려놓은 태주의 휴대폰 바탕화면에서 아이유의 활짝 웃고 있는 얼굴이 보였다. 아, 나를 싫어하는 건 아닌가 보다, 하고 수연은 기분이 살짝 좋아졌다. 아닌 게 아니라 그날 커피를 마시고 저녁을 먹고 2차로 맥주를 한잔하면서, 태주는 수연을 정류장까지 바래다주며 사귀어달라고 말했다.

다소 저돌적이긴 했지만 쿨하게 데이트 메이트 사이가 되자느니, 연락이 오다가 말다가 하며 고구마 익은 걸 보는 것도 아니고 툭하면 찔러보는 남자들에게 질린 수연에겐 그런 태주는 신선했다. 깔끔하고 남자다워 보였다. 지난 2년 동안의 교제는 별문제가 없었다. 다만 수연이 데이트할 시간이 좀체 나지 않는 것을 빼면 모든 것이 순조로웠다. 처음 소개팅을 할 때 취업 준비 중이던 태주는 원하던 기업에 취직해서 요즘은 제법 성인 남자다운 매력을 풍겼고, 좀체 시간이 나지 않는 수연과 데이트할 기회가 생기면 수연이 구경해본 적도 없는 곳에 데려가 먹어본 적 없는 것을 먹여주면서, 늘 신선한 곳으로 그녀를 안내했다.

화장수가 스며든 얼굴을 톡톡 때리며 수연은 커버력도 좋고 광택이 나는 파운데이션을 얼굴에 찍어 발랐다. 술이나 담배를 하지 않고, 패스트푸드를 좋아하지 않는 생활 습관, 그리고 아직 젊은 나이 때문에 삶은 계란 흰자처럼 피부가 탱탱해 파운데이션은 아주 얇게 바르는 것으로 충분했다. 태주도 진한 화장을 좋아하지 않았다. 수연의 공장 동료들도 수연의 얼굴을 만져보며 '모공 실종'이라고 호들갑을 떨곤 했다. 오늘 수연의 기분이 좋은 것은 생일이라서가 아니었다.

수연의 최종 학력은 고졸이었는데, 고등학교 졸업자의 칠팔 할이 대학에 진학하는 세상에 대학물을 먹어보고 싶은 생각은 굴뚝같았지만 용을 써서 대학에 진학하기엔 성적이 그리 좋지 못했다. 그녀보다 성적이 나쁜 친구들도 대부분 대학 원서를 썼지만 수연은 산뜻하게 포기하고 특성화고 3학년 2학기에 학교에서 소개한 집에서 가까운 회사에서 일을 했다. 대학에 꼭 가겠다고 고집을 부리면 갈 수도 있었겠지만, IMF 이후 다시 정규직이 되지 못했고 진득하니 돈 버는 직장 없이 나이만 먹어가는 아버지는 수위 자리조차 없어 공사장에서 막일을 하고 있었고, 손끝이 야무진 어머니는 친구의 미용실에서 '실장'이라는 직책으로 파마 로트를 수없이 말았지만 워낙 코딱지만 한 미용실이었기 때문에 한창 먹어댈 나이, 공부할 나이의 두 남동생을 감당하기 어려웠다. 이 두 사람은 수연에게 차마 대학 진학하지 말고 취직해서 집에 도움을 달라, 라고 말할 정도로 독하진 못했다. 지금까지 키워준 값이 있으니 부모를 돕고 일찍부터 돈을 벌어서 악착같이 모아 앞으로 여유 있게 살겠다, 하고 결심한 건 백 퍼센트 수연의 생각이었다. 수연네 식구들이 살고 있는 천안에는 마침 대기업 공장이 있어 반도체 생산 라인에 당장 취업이 가능했다.

월급의 일부를 차곡차곡 집에 내놓으면서 수연은 헛돈 쓰지 않고 백 원 단위까지 아끼면서 돈을 모아왔는데, 태주와의 만남은 수연의 저축에 박차를 가하게 했다. 아직 어린 나이였고 남자를 몇 만나보지 못했지만 선량하고 믿음직한 태주라면 앞으로 쭉 함께할 수 있겠다고 생각했다. 태주 역시 수연을 만난 지 두어 해가 지나자 결혼 이야기를 꺼내기 시작했다. 앞으로 우리가 결혼하면 말이야, 아이는 너를 닮았으면 좋겠어, 신혼집은 어디가 좋을까, 우리 부모님이 너 진짜 예뻐하실 거야.

그의 만약 우리가 결혼한다면, 하는 가정법은 고급 초콜릿처럼 달콤했지만 수연은 마냥 달콤한 기분에 젖어 있을 수는 없었다. 한 달에 육칠십만 원씩 집에 내놓고 있는 상황에서 과연 내가 결혼하기 위한 돈을 모을 수 있을까. 태주는 또 말했다. 우리 부모님이 나 결혼하면 이 억짜리 아파트 주신대. 옛날에 사두신 게 있어. 주말 근무와 특근을 마다하지 않고 쉬는 날에 네일 아티스트 자격증을 공부하기 시작한 것도 태주가 제시하는 미래에 부합하기 위해서였다. 곧 애견 미용도 배울까 생각 중이었다. 지금 다니는 곳은 육아휴직 같은 것이 없었기 때문에 아이를 낳고도 할 수 있는 전문 기술을 갖춰야겠다는 결심이 수연을 열심히 달리게 했다.

공장 언니들은 요즘 반반결혼이니 뭐니 하지만 결혼
하면 어차피 여자가 손해니 굳이 '반반 결혼' 하겠다고
악에 받칠 것 없다. 남자가 집 해오면 그냥 집값의 십
퍼센트 정도 예단만 준비하면 된다고 말했다. 수연의
어머니와 어머니 친구분들도 그게 오랜 전통이라고 했
다. 수연은 다들 점심 후에 마시는 테이크아웃 커피에
도 돈을 쓰지 않고 텀블러에 넣어 온 둥굴레차를 마셨
다. 청바지가 너무 닳아 가랑이 부분에 구멍이 나면 직
접 기워 한참을 더 입었다. 누나가 무섭게 아끼며 산다
는 걸 아는 동생들은 수연에게 뭔가 조르거나 하지 않
았지만, 회사 기숙사에서 집에 오는 날이면 수연은 동
생들에게 꼭 피자나 치킨을 시켜주었다. 수연의 부모는
어디서 이런 아이가 나왔을까, 대견하고 신기해했다.
흠을 잡자면 공부를 못하는 게 흠이었지만 어차피 수연
의 부모도 많이 배운 사람들도 아니었고 많은 배움이
필수라고 생각하는 사람들도 아니었다. 자랑하고 다닌
것도 아닌데 야무지고 착한 큰딸은 동네에 자랑거리로
소문이 났다.

수연은 화장대 서랍을 열어 적금통장을 꺼내 펼쳤다.

20,000,000원. 딱 이천만 원이었다. 스물다섯 번째 생일 보다 수연을 기쁘게 한 것은 통장에 찍힌 그 숫자였다. 벌이는 뻔한데 여기저기 나갈 데가 많아 과연 돈을 모을 수나 있을까, 하고 늘 발을 동동 구르다가 결국 목표액을 달성한 것이었다. 이제 태주가 청혼해도 얼마든지 '오케이' 할 수 있다. 물론 요즘 세상에서 결혼하기 이른 나이이긴 하지만, 성실하고 야무진 아들의 여자 친구를 좋게 생각한 태주의 부모는 아들이 어서 결혼해 손주 보길 원했다. 이천만 원 이야기도 태주의 부모가 한 적이 있었다. 집안 기둥뿌리 역할을 하고 있는 장녀이니 뭘 많이 안 해와도 되고 세상 이목만큼 예단만 좀 하면 자신들은 아무 불만이 없다는 거였다. 그러니까 수연이 이천만 원만 준비하면 행복한 신부가 될 거라는데 세상 사람들이 다 동의한 셈이었다. 그리고 마침내 목표가 달성되었다.

수연은 통장을 다시 깊숙이 집어넣고 눈과 볼에 하이라이터를 칠한 다음 연한 주황빛 아이섀도를 눈꺼풀에 발랐다. 태주는 진한 화장을 좋아하지 않았고, 수연은 진한 화장이 어울리지 않았다. 아이처럼 동그란 눈에

과하지 않은 아이라인을 그리고, 내심 자랑스럽게 생각하는 길고 촘촘한 속눈썹에 뷰러로 조심스럽게 아치를 만든 다음 마스카라를 뭉치지 않게 조심해서 듬뿍 발랐다. 마스카라가 마를 동안 코럴 핑크 립스틱을 입술에 바른 다음, 펄 글로스를 한 겹 덧바르자 화장이 완성되었다. 립스틱에 맞춰 핑크색 원피스를 걸치고 가죽 재킷을 걸친 다음 타미의 엉덩이를 팡팡 두드려주고 수연은 집을 나섰다.

서울까지 고속버스를 타면 1시간이 조금 넘게 걸렸다. 고속버스터미널에서 가까운 강남역에서 약속이 있었다. 대학이나 직장 때문에 서울로 이사한 수연의 친한 친구들도 오늘 수연의 생일 파티에 참석하기로 했다. 태주 역시 수연을 여동생처럼 귀여워하는 자기 친구 두엇을 부를 예정이었다. 약속 시간인 7시에 몇 분 못 미쳐 모이기로 한 펍 문을 열자 벌써 태주가 친구들과 넓은 테이블을 차지하고 앉아 있었다. 수연의 친구들도 이내 도착해 자리를 채웠다. 태주가 핑크색 하트 모양의 아이스크림케이크를 꺼내 테이블 위에 올려놓으며 커다랗게 얼굴 가득 미소를 지었다. 앙증맞은 이런 케이크를 태주는 또 어딜 가서 구해 온 걸까. 수연도 수줍게 웃었다. 초를 꽂은 다음 불을 붙이고, 다 같이 생일 축하 노래를 불렀다. 후, 하고 수연이 초를 끄려고 숨을 뱉자, 조그만 촛불들은 한 번에 꺼졌다. "한 번에 꺼져야 소원이 이루어진다던데." "수연이 생일 소원 빌었어?" 수연은 웃으며 눈을 감았다. "지금 빌 거야, 잠깐만 조용히 해줘."

잠깐 눈을 감은 수연은 이렇게만 지내게 해주세요, 하고 소원을 빌었다. 지금보다 더 잘 살거나 화려하게 살지 않아도 좋았다. 그냥 딱 이 정도만, 남에게 신세지지 않고 용모에 특별히 밉거나 이상한 점 없이 건강하고, 역시 건강하고 착한 애인이 있고 그 애인과 꾸릴 가정에 대한 확실한 희망이 있고. 지금 이 정도면 수연은 행복하다고 생각했다. 브랜드 아파트니 명품 가방이니 하는 걸 꿈꾸기에는 수연에겐 상상력이 부족했다. 그래서 행복했다. 태주가 뭘 빌었냐고 짓궂게 물어서 수연은 웃으며 대답했다. "응, 세계평화." 벨기에산 생맥주가 각자에게 돌려졌다. 짙은 갈색의 맥주는 부드럽게 목으로 넘어갔다. '엔젤 링'이라는 동그란 테가 빈 맥주

잔에 선연했다. 다양한 IPA 맥주를 맛볼 수 있는 펍의 간판 안주인 수제 소시지도 맥주와 잘 어울렸다. 녹기 전에 서둘러 먹은 생일 케이크도 감미로운 맛이었다. 수연의 친구들과 태주의 친구들은 쌍쌍이 호감을 보였고, 그걸 알아차린 태주와 수연은 서로 눈짓을 주고받으며 흐뭇해했다. 참 좋은 날이었다. 펍의 통유리창 밖으로 봄바람이 불자 우수수 떨어진 벚꽃 잎들이 바람을 따라 춤을 추었다. "어머, 꽃 좀 봐." 여자들이 하나같이 그 꽃바람에 감탄했다. 수연의 눈에는 그 꽃잎들이 벚나무의 꽃잎들이 아니라 지금까지 열심히 달려온 자신을 위해 저 하늘 위 누군가가 펑, 하고 터뜨려주는 색색깔의 반짝이는 색종이 세례처럼 보였다. 수연은 미소를 지으며 시원한 흑맥주를 한 모금 들이켰다. 태주가 얼른 자기 잔을 수연의 잔에 대며 짠, 하고 귓가에 속삭였다. 수연도 웃으며 대꾸했다. "짠."

태주에게 이천만 원을 모았다고, 드디어 목표액을 채웠다고 얼른 말해주고 싶었다. 또순이처럼 아끼면서 사는 수연을 태주는 늘 칭찬해주었지만 그건 세속적인 남자들이 연애에서도 '가성비' 타령하며 돈 안 드는 여자가 좋다, 자취하는 여자가 최고다, 이런 천박한 마음에서 나온 칭찬이 아니었다. 어린 나이에 사치나 허영이 없는 철이 꽉 든 여자를 만난 자신이 엄청난 행운아라고 태주는 늘 말했고, 회사에서 상여금이 나오는 달이면 수연의 입성과 씀씀이에 마음을 기울여서 수연의 만류에도 불구하고 아웃렛 매장에서 적당한 가격대의 명품 가방도 사 주었고 늘 중고생들이 쓰는 로드 숍 브랜드 화장품만 쓰는 수연에게 근사한 조명의 백화점 1층에서 파는 샤넬 립글로스도 사 주었다. 수연은 인터넷을 검색해 찾은 유기농 양털로 만든 일본제 고급 털실을 사서 태주에게 꽈배기 무늬 목도리를 짜 주었다. 양가 어른들이 보기에도, 어느 누가 보기에도 둘은 예쁘게 만나는 사이였다. 이때 둘만 남으면 태주에게 목표액을 채웠다고 해야지, 수연은 남은 맥주를 마시며 테이블 아래로 태주의 손을 꼭 잡았다. 따뜻한 태주의 손이 자신의 손을 마주 잡는 것이 느껴졌다.

"2차는 어디로 갈까?" "간만에 노래방 어때?" "콜!" 취기가 살짝 올라 신이 난 일행은 의기투합이 잘 되었다. 천안 집으로 돌아가기엔 시간이 너무 늦었다. 태주

는 부모님과 함께 살고 있으니까, 수연에게 모텔에 가
자고 할 것이다. 수연이 자주 외박할 수 있는 것이 아니
었기 때문에 태주는 깨끗하고 청결한 모텔을 평소 열심
히 인터넷 검색으로 알아봐 두곤 했다. 아직 침대에 들
려면 멀었는데도 태주의 팔을 베고 잘 것이 기대가 되
었다. 보통 사람들이 잠들면 입을 헤벌리고 침을 흘린
다던가 코를 곤다거나 해서 자는 모습이 과히 아름다
운 경우는 드물다는데, 태주는 참 예쁘게 잤다. 입을 꼭
다물고 똑바로 누워 가슴만 오르락내리락하며 안온하
게 들숨과 날숨을 고루 내뿜었다. 수연은 그럴 때 태주
의 팔을 베고 그의 가슴에 귀를 댄 채 부드럽게 뛰는 심
장소리를 듣는 것이 참 좋았다. 그 심장소리를 떠올리
자 수연은 얼른 시간이 가서 둘만의 방으로 갔으면 싶
었다.

　태주의 친구들과 수연의 친구들은 어느새 쌍쌍으로
어울려서 아주 노래방을 들었다 났다 했다. 최신 유행
곡에 맞춰 기차게 춤을 추기도 하고, 마치 연습이라도
한 것처럼 듀엣곡을 부르기도 했다. 서로의 친구들이
커플이 되었으면 좋겠다고 생각한 두 사람의 바람대로

분위기가 매끄럽게 흘러갔다. 노래방에서 사람들이 노는 걸 보는 것을 더 좋아해서 좀처럼 마이크를 찾지 않는 수연에게 노래해! 노래해! 하며 누구 할 것 없이 모조리 수연을 일으켜 세웠다. 할 수 없이 수연은 웃으며 태주가 좋아하는 아이유의 노래를 골랐다.

마시멜로 마시멜로
달콤해서 너무 좋아
쿠키처럼 촉촉해 젤리처럼 달콤해
마시멜로 마시멜로
사랑이란 이런 걸까
말랑말랑 말랑해 너무 너무나 말랑해
girl girl baby girl

그리 명창은 아니어도 수연이 이 노래를 부르면 태주의 눈에서는 꿀이 떨어졌다. 노래를 마친 수연의 뺨에 태주가 쪽, 하고 뽀뽀를 했다. 우우, 닭살, 하고 모두 장난스럽게 야유를 보냈다. "나 화장실 좀 갔다 올게." 맥주 때문에 요의가 느껴졌다. 메이크업이 번지지는 않는지 신경이 쓰였다. 화장실은 노래방 내부에 있지 않고 바깥 복도에 있었다. 하필이면 남녀 공용이었다. 다행히 화장실엔 아무도 없었다. 서둘러 소변을 보고 손을 씻은 후 더러운 거울을 열심히 들여다보며 마스카라가 뭉친 곳이 없는지 보고 있는데, 화장실 문이 벌컥 열렸다. 중키에 비쩍 마른 체구, 금테 안경을 쓴 남자가 뚜벅뚜벅 걸어 들어왔다. 수연은 얼른 손에 묻은 물기를 털고 남자를 피해 나가려고 했다. 그때 남자가 문손잡이를 열려는 수연 앞을 가로막았다. 영문을 몰라 눈을 크게 뜨는데, 남자가 둘둘 만 신문지를 손에 들고 있는 것이 보였다. 그냥 신문지 뭉치가 아니었다. 남자는 수연을 빤히 쳐다보며 신문지를 풀어 바닥에 버렸다. 어두침침한 화장실 조명을 받아 시퍼런 식칼의 날이 번들거렸다.

열 군데 이상 자상을 입은 수연을 발견한 건 태주였다. 화장실 바닥에는 피가 흥건했다. 병원으로 옮겨진 수연은 응급실에서 사망 선고를 받았다. 직업이 없는 삼십 대 남자였던 범인은 CCTV 확인 결과 남녀 공용 화장실 앞에 숨어 있다가 수연보다 먼저 들어간 네 명의 남자는 아무런 해코지 없이 보냈고, 수연이 화장실에 들어가자 자신도 따라 들어가 문을 닫았다. 남자는 술이나 약을 복용하지 않은 맨정신이었고, 죽어가는 수연을 묵묵히 관찰하다 경찰에 쉽게 검거되었다. 살해 동기를 묻자 평소 여자들이 자신을 무시해서 그랬다고 대답했다. 이 내용이 보도되자 인터넷뉴스 댓글에는 '우리나라 년들 남자 너무 무시하는데 그러다 이렇게 된다' '나도 재수 없는 년들 담그고 싶다' 'ㅋㅋ 그러게 년들이 일찍 집에 처들어갈 것이지' 하는 식의 댓글이 심심찮게 달렸다.

태주는 어떤 인터뷰에도 응하지 않았다. 인터넷에서는 이것이 여성혐오냐 아니냐의 문제로 논쟁이 벌어졌다. 범인이 '우리나라 여자들이 자신을 무시한다'고 이야기했음에도 불구하고 경찰 측에서는 여성혐오 범죄는 아니라고 발표했다. 여자들이 자신을 어떻게 무시했느냐고 그를 향해 기자들이 외쳤지만 그는 더 이상 대답하지 않았다. 수연의 어머니는 꼼꼼한 딸이 사망보험금 수혜자를 자신으로 해놓은 것을 알고 더욱 통곡했다. 그 누구도 미워하지 않았고, 그 누구에게도 미움받지 않은 드문 인간의 죽음이었다. 태주는 수연의 화장대 서랍에 들어 있는 이천만 원 통장을 끝내 모른다. 그것은 단순한 화폐이기도 했지만, 만 원씩 만 원씩 저금해갈 때마다 수연의 마음속에 차곡차곡 적립되던 태주를 향한 애정이기도 했다. 수연이 숨을 거두기 직전 떠올린 것도 그 통장이었다. 그 통장을 보여주고 싶었는데, 오빠 나 죽나 봐. 엄마 아빠 동생들아, 안녕, 안녕.

이숙이의 연애

물론, 누구나 연애를 할 자격이 있다. 당신도, 나도. 지금 저 창밖에서 공을 차면서 깩깩 깩깩깩 어린 개구리들처럼 시끄럽게 소리를 지르고 있는 저 초딩들도 불과 몇 년 지나 머리통이 요만큼만 굵어졌다 하면 기다렸다는 듯 좋아하는 여자애가 생기고 그 여자애한테 공처럼 뼁 걷어차여서 공 대신 소주병을 들고 깩깩 깩깩깩 울게 될 것이며 초딩 뿐이랴, 중딩 고딩 대딩 직딩은 말할 것도 없고 나이 사십이 넘어 슬슬 불타는 열정은 사그라들어도 연정을 품을 권리는 오십 육십 칠십이 되어도 굳건한 것을, 하다못해 그리스도나 성모마리아나 붓다 앞에 영원한 정절을 맹세한 수녀나 신부나 스님이라 한들 연애 앞에 장사 없다, 인류라면 모두모두, 너도 나도 우리 함께 천부 연애의 권리가 있는 것이다.

그러나 오십 년도 더 옛날, 개성 황 대감의 고래등 같은 기와집에서는 그런 것 따위 약에 쓰려도 없었다.

그것은 정말이지 천부당만부당한 일이었다. 울고불고 소리치고 떼구루루 구르는 장난감 매장에서 네 활개를 펴고 버둥거리는 아이처럼, 신혼살림 4개월에 양가 부모 축복 아래 알콩달콩 재미날새 불과 사나흘 전 첫아기 임신 소식을 듣고 어화둥둥 내 사랑아 추어주고 귀염받다 돌연, 남편을 트럭 사고로 잃어버린 새댁처럼 악을 쓰고 혼절을 한들 흉보일 게 없을 정도로 억울한 일이었던 것이다. 로미오와 줄리엣처럼 원수 집안도 아니요, 스칼릿 오하라처럼 남의 남자를 사랑한 것도 아니며 나이 차이가 서른 살 마흔 살 나서 주변 사람들이 깜짝 놀라 뒤집어질 것도 아니며 근친관계라도 됐냐 하면 피 한 방울 안 섞인 전혀 남남이며 피 한 방울 안 섞인 전혀 남남인 서로를 그토록 사랑한 꽃다운 나이의 바우와 숙이였건만, 어떤 불륜도 행한 적 없고 어떤 패

류도 생각조차 하지 않은 청초한 소녀와 소년이었다. 줄리엣이 로미오에게 콕 집어 몬테규라는 그 성이 모든 문제의 근원이니 당신의 제발 어디 갖다 깔끔히 내다버리라고 애원했다면 바우는 오히려 아무 성이 없는 것이 문제였다고 하겠다.

그렇다, 바우의 근본 같은 건 아무도 몰랐다. 하지만 아무도 천부당만부당하다는 소리에서 천, 자도 입 밖에 못 꺼낸 것은, 바우는 황 대감이 아니었으면 굶어 죽었을 것이 뻔했기 때문이다. 다들 말로는 바우 너 이놈의 자식, 고매하신 대감님이 아니었으면 굶어 죽었을 놈의 자식, 이라고 했지만 죽지는 않았을 것이다. 먹을 것은 더 없었을지언정 인심은 더 있어서 어린애가 거리에서 굶어 죽어가는 걸 흥, 하고 모른 체할 만한 사람들은 아직 태어나지 않은 시대였다. 그런즉 바우는 겉으로는 언제나 대감님이 아니었으면 전 굶어 죽은 목숨이었습니다, 암요, 대감님을 뵈온 것은 이 기박한 일생의 가장 큰 행운입니다, 하고 그의 타고난 성격대로 사람들이 쩧고 까부는 말에 일일이 그리고 묵묵히 고개를 끄덕였지만 그의 속마음은 조금 달랐다. 대감님을 뵈온 것은 이 기박한 일생의 가장 큰 행운입니다까지는 동일했지만 그다음 구절이 약간 달랐다. 행운이고말고요, 여부가 있겠습니까, 그 추운 날 나리님을 따라오지 않았더라면, 제가 어찌 숙이를 만날 수 있었을라고요, 제 주제에 어디 감히. 나리님이 아니었다면, 저잣거리에서 그냥 거지새끼로 평생을 굴러먹었을 터, 아암요, 어딜 감히.

저잣거리에서 주워 온 아이에게 근본이 있을 리 없다. 동정심으로 주워 온 히스클리프라는 이름의 아이가 결국 그 집안에 멸문지화를 가져온 이야기도 있으되 그 아이 역시 근본을 알 수 없었다. 알고 보니 양반의 자손이더라, 하는 환상적인 행운은 바우와 아무 상관이 없었다. 저잣거리의 거지새끼는 그냥 거지새끼였다. 그러나 유달리 유순한 눈망울에 어린아이답지 않은 우울과 고독과 비애가 그 눈가에 기미처럼 더덕더덕 달라붙어 있었다. 아무리 가난한 집 어린애라도 아이 적에는 모두 떠들고 놀고 까부는 법, 물에 적셔놓은 걸레처럼 저잣거리 한쪽 구석에 널브러져 착 가라앉아 있는 어린애는 유령처럼 조용했다.

그 짙은 비애가 황 대감의 마음을 이상하게 끌어당겼던 것이다. 그렇다고 황 대감을 소아성애자 따위로 의심했다가는 황씨 가문으로써는 실로 억울하기 짝이 없는 일이 아닐 수 없다. 황 대감은 그야말로 대감 중의 대감, 남자 중의 남자, 양반 중의 양반이었던 것이다. 조상을 공경하는 것은 그가 가진 여러 장점에서 기본 중 기본이요, 아내를 귀히 여겨 정중히 대접하며 아랫사람을 자비롭게 또 엄하게 다스리는 법에 통달했고 온 마을 사람들이 와서 조언을 청하는 지혜의 보고였으며 허우대 멀쩡하기로는 따를 자가 없는 번듯한 아들 넷을 흠 하나 없이 길러낸 지덕체의 상징, 좋은 남편과 좋은 아버지였으며 능력치가 고루 뛰어나고 지역사회의 모범 일꾼인 그야말로 대한의 신사 중의 신사였던 것이다. 단 하나, 그의 계급 사상만은 지극히 봉건적이었는데 독자여, 그것은 황 대감만의 탓이라 할 수 없을 일이다. 그의 핏속 양반 성분은 순도 백 퍼센트로 걸쭉하기 짝이 없었으며 그의 적혈구 하나하나, 유전자 정보 하나하나에 종묘사직과 조상님 공경이 깨알 같은 글씨로 적혀 있었으니 이를 어찌하겠는가. 몇십 대를 걸쳐 이어져 내려온 피에서 벗어날 수도 없었고 벗어날 필요도 없었다. 그렇게 자연히 물려받을 수밖에 없었으니 독자 여러분도 꽉 막힌 꼰대 영감이라고 그를 탓하지 말아 주시라. 그는 천부인권에 대한 개념이 다소 희박했다는 것을 빼고는 여러 면에서 참된 신사였다는 사실만은 틀림없었으므로.

그러나 그런 장엄한 신사의 얼굴도 안면 근육을 풀고 다정한 주름을 짓는 때가 있었으니 떡대 좋은 장정 아들 넷 밑에 늦깎이로 태어난 곱디고운 아가 숙이가 황 대감 집에 피어나는 웃음의 시작이자 끝이었다. 숙이가 즐거워 웃으면 온 집이 웃었고, 숙이가 아프거나 슬퍼 울기라도 하면 온 집안이 울었다. 그러나 숙이는 좀처럼 울지 않는 아이였고 하루 중의 시간을 대부분 웃는 것에 할애하는 명랑한 성정의 계집아이였기 때문에 황 대감네 집은 부와 명예는 차치하고서라도 신사 숙녀가 사는 고귀한 양반 댁, 듬직한 장정 아들 넷에 꽃처럼 나붓한 딸아이 하나의 황금 비율을 맞춘 집으로서, 사람들은 그 대감 집을 지날 때마다 시새우거나 부러워하는 대신 "저 댁의 복은 저 지붕의 기왓장만큼이나 많구나"라고 점잖게 말했다. 그러므로 바우가 숙이네 집, 고

래등 같은 기와집, 개성에서 손꼽는 부잣집, 어려운 이
들의 집에 아무 말 없이 쌀 한 섬씩을 보내는 노블레스
오블리주를 몸소 실천하는 황 대감네 집에 입성한 것은
그렇게나 그가 껌처럼 오래오래 되씹는 행운이었다. 황
대감이 너구리처럼 눈가에 비애의 테를 두르고 있는 어
린아이를 지나치지 않고 데리고 온 것이 과연 바우에게
처럼 황씨 가문에도 행운이었는지는 알 수 없다. 그러
나 숙이만은, 언제까지나, 죽을 때까지, 그것은 행운이
었다고 기억했다.

숙이의 어머니는 의견이 조금 달랐다. 지역사회 발전
을 위해 지역 인사들과의 공조를 위해서 개성 중심가에
다녀온 황 대감이 대문 가에 두루마기로 싼 꾸러미를
내려놓고 숙이의 유모를 불렀을 때부터 그녀는 느낌이
그다지 좋지 않았다.

"이 아이를 씻기고, 입히고, 먹을 것을 주게나."

두루마기에서 기어 나온 것은 지금까지 본 중 가장
더럽고 가장 슬퍼 보이는 사내아이였다. 아낙들이 분부

를 받들어 아이를 데려가자, 범강장달이 같은 아들들은
아버지에게 차례로 인사를 드리고 아이에 대해 한마디
씩 했다.

"참 지저분한 아이로군요."
"너희도 내가 죽었을 때 저런 꼴이 되지 말란 이유
없다."

저런 꼴이 되란 이유도 없었다. 이미 범 같은 아들들
은 어른 표범으로 다 컸으니까. 둘째 아들이 호탕하게
웃어젖혔다.

"아버님, 어찌 그리 농담도 잘하십니까. 다복한 집안
답게 작은아버님들이 멀쩡히 계신데 설마 이 집안에 그
럴 일이 있으려고요."

그렇다. 그런 일은 절대로 없을 것이다. 그것은 숙이
네 오빠들과 바우 사이의 크레바스처럼 넘을 수 없는
숙명적 간극이었다. 혹시나 황 대감에게 무슨 일이 있
더라도 그의 동생들은 자신들에게 남은 마지막 밥알까

지 형님의 장자를 위해 내놓을 것이다. 그것이 헌법에는 명시되어 있지 않으나 혈통이 침묵으로 강요하는 죽음보다 강한 천륜이었다. 물론 숙이네 오빠들은 물론 그런 꼴이 되지 않지만, 작은아버지들에게 신변을 의탁하기도 전에 이 아까운 장정들은 모두 죽어 넘어져 국가의 손실이 되는데, 이것은 아직 시간이 좀 지난 후에 일어날 일이니 안심하시라. 숙이는 여주인공답게 계속 살아남아 이 이야기를 이끌어간다. 아직은 그런 사실을 아무도 알지 못했지만 뜻밖의 질긴 목숨과 고단한 운명을 지닌 우리의 여주인공의 어머니 되는 부인은 아들들이 물러가자 남편의 여독을 다스리기 위해 우선 따뜻한 술 한 잔을 올린 후 조심스럽게 물었다.

"대감, 어찌 된 연유인지요. 혹시라도 제가 시앗을 본 것입니까."

"허어, 당신일랑 그런 쓸데없는 소리 마시오. 내기 어디 가서 지어미를 배반할 허튼 사내로밖에 안 보인단 말이오, 당신은."

과연 황 대감은 당시로써는 불세출의 젠틀맨이었다.

사실 그보다 훨씬 강도가 약한 질문으로도 벼루나 문진 같은 것이 사랑방 공중을 종횡으로 질주하여 반려의 두개골에 작열하는 집도 얼마든지 있었던 것이다. 하지만 황 대감은 진짜로, 양반이었다. 그건 그 양반의 딸인 숙이도 그랬다. 태어나서부터 여자아이가 받을 수 있는 모든 귀애는 한 몸에 다 받고 자랐으며 남이 자신을 위해 존재하는 것이 당연했다. 자기는 양반이었으며 자기 몸종인 꽃님이는 아랫사람인 게 당연했고 태어나서 마루에 떨어진 버선 한 번 제 손으로 주워본 적도 없었으며 자신이 주워야 할 이유도 알지 못했다. 바우는 황 대감의 두루마기에 말려 집 안으로 들어와 맑고 차가운 우물물에 얼굴과 몸의 때를 씻어냈다. 숙이의 유모는 얼굴을 찌푸리며 이와 서캐를 말끔히 잡아냈고, 몇 번이나 얼굴을 닦은 다음 깨끗한 옷으로 갈아입혔다. 알아볼 수 없을 정도로 말끔해진 바우는 아비도 어미도 제 나이도 모른 채 거지 떼의 시종 겸 노리개로 구걸만 하고 온 삶을 지나치지 않으시고 구원의 손길을 내밀어주신 감사 인사를 올리러 황 대감이 앉은 사랑채 밖에 엎드려 절을 올렸다.

"이름이 무엇이냐."

"그들은 바우라 불렀습니다."

그때 엄마 치맛자락을 잡고 있던 숙이가 바우래, 바우, 진짜로 이상한 이름이네, 하고 까르르 웃었던 것이다. 숙이가 웃자 평소의 습속대로 집안사람들이 같이 웃었고, 그 웃음소리 속에서도 단연 은쟁반에 옥구슬처럼 탱탱한 탄력이 넘치는 숙이의 웃음소리에 바우 소년은 땅에 닿을 듯 숙이고 있던 고개를 들어 숙이를 바라보았는데, 그 눈동자는 아무 데서나 얻어 가진 내 이름이 이상하고 우습다는 것 정도는 세상에서 내가 제일 잘 알고 있다는 그런 표정이어서 숙이는 정말로 미안해졌고, 다음 순간 뒷산의 알밤처럼 짙은 갈색 눈빛과 몇 시간 같은 몇 초 간 마주친 순간, 숙이의 양반 기질은 레이저로 못된 세포만 지져 없애듯 그 부분만 완벽하게 지글지글 증발해버렸던 것이다. 물론 양반 댁 규수로서 가져야 할 몸가짐이나 사람의 도리나 어머니가 열렬하게 가르친 삼강오륜 따위는 그대로였지만, 신분이나 계급 사상에 대한 개념만은 그야말로 눈 녹듯 사그라들어 버린 것이었다. 브라보.

독자여, 비록 봉건에 대항한 자유사상의 승리에 방금 브라보를 부르기는 했지만 실은 앞으로 펼쳐질 이 어린 연인들의 불행한 운명, 특히 여자로서 숙이의 일생을 위해서는 차라리 그녀가 투철한 양반 의식을 갖고 바우를 평생 상놈 취급한 것이 차라리 낫지 않겠는가 싶지만 등장인물들의 역경을 이야기할 수밖에 없는 이 가련한 이야기꾼을 너그러이 용서하시라. 어쨌든 황가 댁에서 바우는 자갈밭에 조약돌을 하나 갖다 놓은 것처럼 소리 없이, 아무런 문제없이 무난하게 녹아들어 갔다. 외부인을 들였다는 경각심도 잠시, 유모의 딸 꽃님이 빼고는 마땅한 놀이 상대가 없던 숙이를 위해서는 맞춤한 동무였다. 숙이보다 두세 살 많았던 꽃님이는 떡대 좋은 막내 머슴 삼돌이를 향한 첫사랑의 불꽃을 맹렬히 이글대느라 숙이와 사방치기 따위를 할 겨를이 없었기 때문이었다. 사실 숙이는 좀 심하다 싶을 정도로 사방치기에 큰 관심을 보여 황 대감과 그의 부인을 적잖이 염려시켰는데, 그 부분을 말끔하게 해결한 것도 바로 바우였다. 우연히 바우가 마당을 쓸다 말고 바닥에 나뭇가지로 괴발개발 휘갈겨놓은 글자를 본 황 대감은 주워 온 머슴 놈도 글자를 쓸 줄 아는데 고귀한 혈통을 이어받은 내 딸년은 아무리 아녀자라지만 날이면 날마다 사방치기나 하고 있다니 양반 혈통이 부끄러운 일이 아닐 수 없다, 하고 글 배우기를 강권했던 것이다.

숙이는 괄괄한 성미는 아니었지만 한번 마음먹으면 확실하게 뒤집는 성미였는데, 그런 바다거북 같은 뚝심을 확실하게 온 집안 식구들에게 선보인 날이 바로 그날이었다. 이제부터 하루 서너 시간씩 글을 배우라는 엄명에 숙이는 당연히 바우도 함께 가야 한다며 바우 손을 잡아끌었고, 종놈이 글을 배운다니 황소가 붓 들고 과거 공부하러 가는 것만큼이나 그들 생각엔 어이없고 천지에 유례가 없는 황당한 일이라 당연히 안 된다고 바우를 떼어 놓았는데, 바우 손이 떨어져 나가자마자 좀처럼 울지 않는 꽃 같은 그 숙이가 급기야 동네 사람들이 초상 난 줄 알고 떼를 지어 조문을 올 때까지 불에 덴 듯 울어젖혔던 것이다. 결국 머리끝까지 화가 난 오빠들이 너 자꾸 그렇게 개기면 매를 대마고 위협했으나 숙이는 전혀 동요하지 않고 벽에 제 머리를 쿵쿵 찧으며 오히려 자신을 때리라고 종용을 했다. 자해를 할 지경까지 간 데다 하인 놈에게 글을 가르친다는 것은 사대부 가문에서는 가히 혁명이라 할 만했지만 그 혁명을 무자비하게 진압하기에는 온 가족이 숙이에게 비바람 속의 촛불처럼 약했다. 숙이가 감행한 필생의 쿠데타 덕분에 바우는 교육의 혜택을 누릴 수 있게 되었다.

당시 격동의 한국사를 지켜보며 시름하던 황 대감이 귀여운 막내딸과 하루 일정 시간을 보낼 겸 해서 두 사람의 선생이 되었는데, 곧 그 일은 그의 하루에서 빼놓을 수 없는 유쾌한 일과가 되었다. 먼저 바우 이 녀석이 기대 밖으로 하나를 가르치면 우직하게 외워 잊지 않는 성실함을 가져 해면처럼 쏙쏙 흡수하는 것이 아주 재미가 났거니와, 그 모습을 보는 숙이가 지기 싫은 나머지 내가 언제 사방치기 같은 거 하고 놀았냐는 듯 학구적인 분위기로 대변신하여 본디 총명한 머리를 학문을 닦는 데에 풀가동했기 때문이었다.

바우가 잔심부름을 하고 쇠꼴을 먹이고 숙이가 어머니에게 바느질을 배우고 나서, 예전 같으면 사방치기는 물론 꽃을 따고 물수제비를 뜨며 물가에서 놀 시간에 마당의 부드러운 흙 위에 나뭇가지를 이용해 한참이나 글씨를 쓰며 이야기를 주고받는 모습을 본 황 대감네 식구들은 어리디어린 조것들이 고작 흙에다 끄적거리는 모습이 어쩌면 저렇게도 나이답지 않게 학구적인 분위기를 자아낸단 말인가, 하고 감탄했으며 두 사람의 배움은 날로 깊어져 학식의 수준도 점차 높아지자 숙이의 범 떼 같은 오빠들은 그들이 땅바닥에 괴발개발 써놓은 글씨를 몰래 곁눈질했다가 자신들이 읽을 수 없는 것이 나오면 발로 글씨를 뭉개놓고 글씨가 지워져서 못 읽은 것뿐이다, 정말이다, 믿어달라, 며 목에 몹시 힘을 주었다. 시간만 있으면 우리가 이 어린 아가들에게 가르침을 주련만, 하고 오빠들은 흠흠 헛기침을 했지만 바우가 마당에 아무렇게나 끄적여놓은 게 읽지 못한 걸 아쉬워할 정도로 대단한 내용은 아니었다. 그것은,

왜 나뭇잎은 떨어지는가?

라는 글귀일 뿐이었다.

숙이의 오빠들이 그걸 알았다면 계절이 바뀌니까 당연히 나뭇잎이 떨어지는 걸 몰라 이런 어리숙한 놈, 하고 의기양양할 수 있었겠지만 다행히 바우는 그런 멸시를 당하지 않을 수 있었고, 그래서 순조롭게 숙이와 앞서거니 뒤서거니 학우 생활을 했으며 이것저것 일도 몸에 익어 사오 년이 지났을 땐 너끈한 성인 남자 한 몫의 어엿한 황가네 일꾼이 되어 있었다. 거짓말을 좀 섞어서라도 범강장달이로 쳐줄만큼 체격이 좋진 않았지만 키가 훌쩍 자랐고, 알맞게 벌어진 어깨가 제법 사내의 풍모를 띠었다. 그의 일꾼 처지에 걸맞는 허름한 옷가지들은 숙이가 예비 신부 수업을 핑계로 하여 눈에 불이 나도록 꿰매댔기 때문에 언제나 깨끗하고 단정했으며 바우에게는 그 한 땀 한 땀이 금실처럼 소중해 어떤 호사를 부린 곤룡포도 부럽지 않았다. 그리하여 외부에서 온 객들이 바우를 볼 때면 언제나 황 대감의 먼 친척뻘 자제이거나 의탁할 곳을 찾는 가난한 선비로 착각하는 경우가 부지기수였다. 숙이라고 언제까지나 어린아이로 남아 있을 리 없었다. 뒤질세라 저 하늘의 뭉게구름처럼 청신하고 백로처럼 날씬하고 꽃잎처럼 하늘하늘하고 산새처럼 다정한 아가씨로 성장한 숙이와의 관계는 수줍게 무르익어 그들은 바야흐로 단순한 학우 관계에서 이를테면, 풋풋한 캠퍼스 커플로 거듭났던 것이다.

그러나 웬걸, 아무리 때깔이 훤칠해지고 신수가 멀끔해진다 한들 숙이네는 아무도 잊어주지 않았다. 바우는 황 대감이 길에서 주워 온 거지새끼라는 것을. 바우도 절대로 잊지 않았다. 잊은 것은, 아니 잊으려고 용을 쓰는 것은 숙이뿐이었다. 숙이는 사람들이 바우에게 나무해와라 소여물 해와라 이래라저래라 하면 얼굴이 먹구름처럼 어두워졌다. 그리고 괜스레 갖은 핑계를 다 만들어 바우를 어디론가 질질 끌고 가버린다. 바우가 슬슬 눈치를 보며 숙이를 달래려고 하면 금방이라도 울 것 같은 얼굴을 하는 바람에 온 식구가 다 져버리는 것이었다. 바우는 살짝 한숨을 쉬고 열 살 적과 조금도 달라지지 않은 암갈색의 커다란 눈으로 죄송하다는 듯 주위를 휘둘러보고는 질질 끄는 숙이 손에 이끌려 휘적휘적 걸어갔다. 모든 소녀들처럼 꽃밭을 좋아했던 숙이는 어스름할 무렵, 달맞이꽃을 꺾어 귀 뒤에 꽂았다.

"나 어때."

"어디 무당으로 취직했습니까."

"솔직히 말해봐."

"예쁩니다."

"너 왜 나한테 이상하게 말해."

"대감마님한테 혼납니다."

"싫어 나한텐 반말해."

"너무 상투적인 명령 아닙니까."

"그래도 해."

"알았다."

숙이는 달맞이꽃을 하나 더 따서 바우의 귀 뒤에도 꽂았다. 누가 보면 나란히 미친 애들이 들판을 헤맨다고 생각할 수도 있는 광경이었지만 나이 먹어갈수록 같이 있을 수 있는 시간이 줄어드는 어린 연인들은 남의 이목 따위 상관하지 않고, 달맞이꽃을 따고 싶은 만큼 따고 강아지풀로 서로 간질이기도 하고 순수한 애들의 사랑은 이런 것이다, 라고 생활사박물관에 그대로 보관할 수 있을 것 같은 모습으로 해가 지도록 들판에서 지냈다. 그러나 두 사람 사이에 어떤 육체적 접촉 같은 건 아쉽게도, 없었다.

숙이는 뭘 몰랐고 바우는 너무 생각이 많았다. 숙이는 천진했고 바우는 생각이 욕망보다 앞서는 정말이지 드문 남자애였다. 입 한번 맞춘다 한들 맞추고 나서 잘 다물기만 하면 무슨 문제가 되랴마는 바우는 그런 일이 있었다가 들키기라도 하면 꾸중 듣고 끝나는 게 아니라 두 번 다시 숙이를 볼 수 없는 사태로 번져간다는 것을 잘 알고 있었다. 하지만 지금 집 안팎에서 벌어지는 일들도 만만치 않았다. 이렇게 될 거, 뽀뽀나 한번 해봤어야 한단 말인가. 바우는 숨을 한 번 깊이 들이쉬고는 말했다.

"너, 시집간다."

"내 시집을 내가 왜 모르냐."

"그런 건 원래 부모님이 정하는 거니까. 그리고 대감마님들은 이미 정하신 것 같다."

"나는 정한 적 없다."

"번복하지만, 상관없는 거다."

"내가 시집을 간다는데 너는 표정도 온건하기 짝이 없구나."

숙이는 바락 화를 내며 달맞이꽃을 뽑아 내던지고 타박타박 걸어갔다. 얼른 바우가 쫓아와 달래주길 바라는 것이 빤히 보이는 느린 걸음이었지만, 바우는 두 발짝만 걸어도 붙잡을 수 있는 그 걸음을 따라가지 않고 남아서 숙이가 버리고 간 꽃만 주워들고 멍하니 쳐다보았다. 처음으로 숙이가 토라졌는데도 바우가 따라와주지 않은 날이었다. 물론 숙이는 이런 상황에 모든 세계와 모든 시대의 여자들이 하는 전형적인 생각을 하고 있었다. '저 남자는 나한테 관심도 없어'. 그럴 리가. 숙이는 바우의 세계의 발단이자 전개이며 결말이었다. 그는 숙이를 볼 때마다 매번 새로 반했다. 내 사랑아, 너는 어여쁘고도 어여쁘다. 숙이를 볼 때마다 생각했다. 여인 중에 가장 어여쁜 자야, 너는 순전히 어여뻐서 아무 흠이 없구나. 그녀가 없을 때나 다른 여자들이 그에게 슬며시 추파를 던지면 생각했다. 나의 비둘기, 나의 완전한 자는 하나뿐이로구나. 숙이가 그에게 등불처럼 웃으면서 걸어올 때면 마음속으로 경건히 여겼다.

저 아침 빛같이 뚜렷하고 달같이 아름답고 해같이 맑고 기치를 내건 군대처럼 엄위한 저 여자는 누구인가.

하지만 그는 십 대치고는 보기 드물게 자기 주제를 잘 아는 소년이었고 그렇기 때문에 캠프파이어처럼 활활 불태우는 사랑보다 숯불처럼 조용히 타고 있는 사랑을 택했으며 폭풍처럼 몰아치기보다 연못처럼 조용히 고여 있는 편을 택했고 정복하고 납치하고 제압하기보다 입을 꾹 다물고 견디는 편을 택했다. 언제나 그 편이 더 어렵지만 젊은 시절엔 원래 누구나 드라마틱을 사랑하기 마련, 숙이는 삐졌다. 바우는 어찌할 바 모르고 들판에 남아 꽃 이파리를 하나 뜯어 고독과 함께 질겅질겅 씹었다.

숙이가 왕창 마음이 상해 집으로 들어서자 대감과 그의 아내가 숙이의 웨딩 플랜에 대해 상세히 설명했다. 바우의 말 그대로였다. 이미 숙이의 의사가 끼어들 곳은 없었다. 그건 아주 클래식한 과정이었다. 그들은 과년한 딸자식의 행복에 대해 이미 오랫동안 심사숙고해 온 거였다. 숙이는 입을 꾹 다물었다. 불만의 표시였지만 그녀의 부모는 침묵의 긍정으로 받아들였다. 뭐라고 말하고 싶었지만 뭔가 말할 수 없는 것이 그 앞에서 숙이가 나는 당신들이 뽑아 놓은 킹카 신랑감에 대해서는 아무 관심이 없소, 내가 원하는 건 아버지가 사오 년 전 저잣거리에서 주워 온 거지새끼이자 우리 집 머슴인 바우와 초가삼간이라도 좋으니 오순도순 사는 거요, 하고 말해봤자 아이고 우리 딸아이는 사상이 아주 프리하구나, 하고 찬성할 부모가 아니라는 것은 숙이도 너무 잘 알았다. 꽃님이도 예비 신랑 댁에서 보내 온 옷감에 정신이 헤벌레한 이 판에 숙이가 붙잡을 데라곤 아무 데도 없었다. 하는 수 없이 달맞이꽃밭에서의 굴욕을 잊고 바우를 찾아가려 했는데 이미 바우가 둘만의 비밀 장소에 털썩 주저앉아 글씨를 끄적거리고 있었다.

나뭇잎은 왜 떨어지는가.

숙이가 뭐라 말하려 하는데 바우가 먼저 입을 열었다. 이례적인 일이었다.

"나……."

거의 언제나 그렇듯이, 숙이가 말을 가로챘다.

"우리 도망갈까?"

바우는 고개를 천천히 저었다. 안 될 말, 안 될 말이다. 몇 발자국 가지도 못하고 잡힐 것은 물론이거니와 엄마의 얼굴도 모르는 바우도 가끔 가슴속이 휑하니 낯도 모르는 엄마가 그리운데, 엄마의 살뜰한 사랑을 받고 자란 숙이가 혹시나 도망에 성공하면 엄마가 그리워서 울 것이며 실패해서 붙잡히면 엄마에게 미안해서 울 것임을 바우는 타고난 사려 깊음으로 알아챘던 것이다. 숙이의 목소리에 울음이 묻어났다.

"그럼 어떡해."
"난 떠나야겠다. 넌 어떻게든 결혼을 미뤄라."
"어떻게 미뤄."
"여러 가지 방법이 있다. 간질 발작이라던가."
"어떻게든 하겠는데, 떠나서 뭘 하려고."
"나는 나대로 생각이 있으니 어떻게든 하겠다. 조금만 더 버티면……."
"조금만 더 버티면……?"

"이제 곧 시대가 달라진다. 새로운 세상이 온다."

"새로운 세상……?"

"양반보다 더 무서운 게 와, 그게 돈이다."

숙이는 바우의 얼굴을 멍하니 쳐다봤다. 바우는 숙이의 시선을 피하지 않고 똑바로 쳐다보며 열두 살 이후 가장 많은 단어를 발음했다.

"그게 돈이다. 돈만 있으면 다 된다. 그러니 내가 그 돈과 싸워 이기면, 너는 내 것이 된다. 오히려 삼사십 년만 지나면, 대감마님 두 분 다 너와 나의 결합을 언짢아하시기는커녕 그때 우리가 사람 잘 보았고 대감님이 날 주워 오길 잘했다며 온달 장군과 평강 공주가 따로 없다는 덕담과 함께 날 저잣거리에서 주운 날을 가족 기념일로 봉해서 매년 온 가족이 쇠고기를 구워 먹으며 기념하게 될지도 모른다. 조금만 참아라."

"얼마나."

"곧, 나는 나대로 방책을 찾겠다."

누가 나오기 전에 두 사람은 헤어져 각자의 침소로

돌아갔다. 다음 날이 채 밝기도 전에 단출한 보퉁이를 싼 바우는 대감마님께 큰절로 인사를 올렸다.

"천애의 고아로 떠돌던 저를 거두어주시고 먹여주시며 입혀주시고 글까지 가르쳐주신 하해와 같은 은혜 어떻게 갚아드릴지 모르겠사오나 비록 근본은 비천하여도 남아로 태어난 바, 보다 큰 그릇이 되어 두 분 대감마님의 은혜를 갚고 싶은 마음 간절하오니 잠시 세상에 나가 약간 견문을 넓히고자 함을 부디 허락해주십시오."

"그것은 어렵지 않으나 대관절 무슨 일을 하고자 하느냐."

"저번 장이 섰을 때 본 것이 열쇠와 자물통입니다. 지금처럼 한두 종류의 자물통만 있는 것이 아니라 참으로 여러 종류의 자물통과 열쇠가 있는 것을 보고 마음속으로 기이하게 여겼습니다. 농사가 천하지대본이지마는 제가 아직 혈기가 있는 나이라 새로운 것을 배워보고자 합니다."

"화려한 곳과 난폭한 사람들과 여자를 조심해라."

염치 불구하고 노자를 조금 받아 챙긴 바우는 솟을대문을 나섰다. 저만치에서 숙이가 바라보고 있었다. 바우는 아무 말 없이 돌아섰다. 마음이 안 아플 리 없었다. 숙이는 금방이라도 홍수처럼 울 것 같은 얼굴을 하고 있었다. 바우는 걸음을 빨리 옮기며 생각했다. 너희에게 내가 부탁한다. 내가 나의 사랑하는 자를 만나거든 내가 사랑하므로 병이 났다고 하려무나. 그날 저녁, 숙이는 사주단자 이야기를 들은 30분 후 간질 발작을 완벽히 연기했다. 결혼은 연기되었고 숙이는 바우를 위해 시간을 벌었다. 간질 발작이 너무 많이 써먹어서 안 통할 때 즈음엔 결혼 예복을 직접 만들겠다며 혼신의 힘을 다해서 낮에 바느질을 하고는 밤에는 죄다 뜯어버렸다. 마음에 안 들고, 마음에 안 드는 옷을 입고 혼인하기 싫다고 앙탈을 부렸는데 이 정도의 앙탈은 예비 신부에게는 있을 법한 일이라 다들 귀엽게 보아 넘겨주고 있었지만 시간이 갈수록 우리의 페넬로페는 마음이 촉박해졌다. 그녀의 님이 과감히 다이빙해 들어간 당시의 열쇠 업계란 2000년대 초반의 아이티업계와 같은 양상이었다. 다시 말해, 모두가 벌떼처럼 몰려들었다는 뜻이다. 그것은 경쟁이 치열했다는 뜻이었으며 거의 모

두가 지금의 벤처처럼 망가지고 망하고 맛이 갔다는 뜻
이다. 다른 사람들에게는 그냥 젊은 시절에 할 수 있는
수많은 실수 중의 하나일지 모르겠지만 바우에게는 여
기에서 실수하면 영원히 이타카로 돌아가지 못하는 오
디세우스가 되는 것이며 이타카로 돌아가지 못하는 오
디세우스는 왕도 뭣도 아무것도 아닌 법이다. 그는 밤
잠 없이 일에 몰두했고 따라서 그의 페넬로페에게 연락
이 뜸해질 수밖에 없었다. 몇 달 째 소식이 없자, 낮 동
안 마름한 옷감을 열심히 망치고 있던 숙이가 등잔을
노려보며 말했다.

"바우가 나를 잊었구나."

숙이를 도와 열심히 옷감을 망치고 있던 꽃님이가 고
개를 절레절레 흔들었다.

"개성의 최고 미인을 잊다니 그게 당할 말씀입니까,
아가씨. 모공 하나 없는 새하얀 피부에 연지 따위 이 세
상에 그런 물건이 있었냐는 듯 코웃음 치며 무시해도
봉숭아 빛깔로 반짝거리는 이 탐스러운 볼, 데칼코마니

라도 한 듯 양쪽이 완벽한 각도로 아치를 그린 아미, 어질면서도 곧은 성정을 보여주는 반듯한 이마는 말할 것도 없거니와 그 아래 구슬처럼 자리 잡은 이 눈을 보십시오. 이 눈동자에 매혹되지 않은 동네 도련님이 어디 있더이까, 우리 동네뿐 아니라 이웃 동네 또 그 이웃 동네의 도련님들도 모두 이 눈을 한 번 보면 밤잠 못 이루고 상사병으로 시름시름 앓다 죽은 총각만도 열 손가락이 넘는다는 무서운 소문이 도는 아가씨일진대, 바우도 남자라면 제 이름을 잊을지언정 아가씨의 얼굴만은 잊을 수 없을 겁니다. 그나저나 이 고래등 같은 기와집의 눈에 넣어도 안 아픈 고명딸로 태어나셔서 신분의 격차 같은 건 사정없이 무시하시고 오로지 그 바우만을 바라보시니 저희 신세대들이 보기에는 참으로 순애보요 어르신들이 보시기엔 몹쓸 미친 짓이겠지만, 저는 개성 역사 이래 참으로 불세출의 로맨스라 말하겠어요."

"그것은 네가 바우의 잘난 점을 몰라서 그런 것이야. 그에게는 여느 사내에게 없는 다소곳함과 사려 깊음이 있다. 사내가 열불을 내며 날뛰는 것은 쉽다. 그 반대가 어려운 것이야. 난 아직도 내가 그에게 같이 도망치자고 했을 때 거절하던 그 표정을 기억하고 있다. 힘든 얼굴이었다. 그 나이에 그 사려 깊음을 갖기란 쉽지 않은 법이다."

"그건 혹시 단순히 우유부단한 게 아닌가요."

"네가 하나만 알고 둘은 모르는구나. 당장에야 남자 손을 꼭 붙들고 달아나면 하루 이틀 정도야 두근두근하는 마음에 동지섣달 꽃 본 듯이 님 맛 꿀맛이겠지만 며칠만 지나면 본 세상이 눈에 들어오는 게야. 게다가 나처럼 운 좋은 별 아래 태어나 부모님과 오라버님들 덕택에 뭐 하나 내 손으로 해본 적 없는 사람은 더하겠지. 그는 그것까지 다 알고 있었던 게야."

"아가씨가 종놈 근성을 좋아하시는 줄은 몰랐는걸요."

"네가 못하는 말이 없으니 그만두자. 바우가 더욱 그립구나. 구만리처럼 먼 길을 떠난 그가 없으니 내 누구와 더불어 우짖고 말을 섞어 논단 말이냐, 그저 무탈히 돌아오길 바랄 뿐이다."

그러나 그녀는 결코 바우를 다시 만나지 못한다. 왜냐하면 사랑은 간혹 그런 것이기 때문이다. 그녀의 딸과 그 딸의 딸과 그 딸의 딸의 딸과 딸들도, 바우 같은 사랑을 만나지 못한다. 사랑은 원체 그런 것이기 때문이다. 좀처럼 찾아오지 않는 것. 대다수의 사랑은 사랑이 아니라 적절한 '합의'에 불과하지만, 딸과 딸과 딸과 딸들은 그 사실을 잘 알지 못했고 합의에만 도달해도 성공한 인생이라 생각했다. 사실 대부분 그랬다.

굳이, 사랑 따위, 하지 않아도.
그냥 그 질문만이 남았다.

나뭇잎은, 왜, 떨어지는가.

    화면이 꺼졌다. 발등까지 덮는 흰 세마포 옷을 입은
관리자는 다정한 웃음을 지으며 친절하게 말했다.

    "이것으로 첫날 프레젠테이션을 종료하겠습니다. 지
금까지 지상으로 내려가 인간으로 살아가는 차례가 올
때까지 정말 오래 기다리신 여러분의 순번이 드디어 돌
아와, 여러분은 지금 모친의 배 속에 갓 수정되었습니
다. 그리고 태아 상태인 지금부터 10개월이 지나면 대
한민국이라는 곳의 여자 아기로 태어나게 됩니다. 오늘
보신 내용 중에는 그곳에서 여성으로 살아야 할 여러분
의 각오를 다지기 위한 다소 자극적인 이야기도 있었습

니다. 그렇지만 남은 2일간의 프레젠테이션에서는 한국 여성만이 누릴 수 있는 행복이나 아름다운 여성으로 살아가는 특권을 누리는 화려한 삶 등도 보시게 됩니다."

아무도 대답이 없었다.

매끄럽게 말을 이어 나가던 관리자는 당혹스러운 표정을 감추지 못했다.

"그토록 오래 기다리셨는데……. 지상에 내려가는 게 기쁘지 않으신가요? 이렇게 조용하신 분들은 처음이군요. 혹시 마음의 각오가 단단히 되어 있어서 침착하신 건지……."

관리자가 횡설수설하고 있는 동안 태아 한 사람이 손을 들었다. 물론 지금 지상에서는 어머니의 배 속에서 수정된 지 얼마 되지 않은 자그마한 태아의 형태에 불과하겠지만 이곳에서는 그 수정란이 완전히 성장하여 성인 여성이 된 모습이었다. 게다가 무척 아름다워 어떤 남자의 시선이라도 끌 만한 미모였다. 그러나 그녀는 청순한 외양과 어울리지 않는 날카로운 목소리로 관리자에게 물었다.

"극 초기 태아 상태인 지금은 모친이 인식하지 못하는 자연유산이 가능하다고 들었는데, 맞습니까?"

관리자는 처음 들어보는 질문에 당황하여 잠시 말문이 막혔다.

"원칙적으로는 가능하긴 합니다만…… 지금까지 그러한 전례가 없고……."

이내 차가운 목소리가 단호하게 요청했다.

"그렇다면 저는 자연유산을 택하겠습니다. 그렇게 해주세요."

관리자는 더욱 당황했다.

"도대체…… 아니, 왜 그러시는지……. 지금까지 얼

마나 오래 기다리셨는지 잊으셨습니까? 게다가 이번 기회를 놓치시면 혼백의 모습으로 영겁의 시간을 구천에서 떠돌 수도 있다는 것을 알고 하시는 말씀인가요?"

"물론 잘 알고 있습니다. 그렇지만 태어나지 않는 편이 좋을 거라는 생각이 드는군요. 그렇게 해주세요."

관리자가 말문이 막힌 동안 다른 태아들도 손을 들고 같은 요청을 하기 시작했다.

"저도 태어나지 않는 것을 택하겠습니다. 자연유산을 시켜주세요."

"저 역시 자연유산을 택하겠습니다. 구천을 떠돌면서 영원히 여러 가지를 구경하는 게 훨씬 낫겠어요."

"저도 자연유산을 신청합니다. 아, 그런데 혹시 제 어머니에게 결혼 같은 것을 하지 말라고 전할 방법은 없을까요?"

아무도 자연유산 대신 출생을 선택하지 않았다. 유례없는 상황에 처한 관리자는 고장 난 녹음기처럼 여러분, 여러분, 하는 말만 되풀이할 뿐 어쩔 줄을 몰랐다.

그러는 동안 성인 여성의 모습을 하고 있던 태아들은 성별을 알 수 없는 반투명의 모습이 되어 아무 곳으로나 날아갔다. 여성도, 남성도 없는 곳으로.

어느 설문조사 결과를 읽었 다. 시간 여행을 하여 젊은 시절의 어머니를 만날 수 있다면 어떤 말을 가장 해주고 싶으냐는 것이었다. 짧은 문장 하나가 압도적으로 1위를 차지했다. 엄마, 결혼하지 마. 비교적 행복한 가정생활을 하고 있는 부부 슬하에 자란 딸들 역시 젊은 시절의 어머니를 만날 수 있다면 결혼을 반드시 만류하고 싶다고 대답했다. 나를 낳지 않아도 되니까, 결혼하지 말고 엄마 하고 싶은 거 하면서 살아. 인간이 낙원에서 추방당한 이후 제 몫의 고통을 짊어지고 살아가야 한다는 것은 여남 공히 감당해야 할 짐이지만, 여성의 짐은 다소 지리멸렬하고 얼핏 별것 아닌 것처럼 보이기

십상이다. 여성의 고통은 흔히 '투정'으로 읽힌다. 그러나 정말로 그것이 유아적인 '투정'이었다면, 저토록 많은 성인 여성들이 자신이 이 세상에 존재하지 않아도 좋으니 결혼이나 출산을 하지 않고 어머니가 독자적인 삶을 살기를 바랐을까.

그때부터 나는 만일 인간이 되기 위해 차례를 기다리는 영혼들이 여성과 남성 중 어느 성으로 태어날 수 있을지 결정할 수 있다면 과연 어떤 성을 선택할지 오래 생각해보았고, 성 선택 이전에 각 성별의 삶에 대해 일종의 프레젠테이션을 받게 된다면 과연 이승의 성비는 어떻게 될지 상상했다. 그 상상이 이 소설의 시작이 되었고, 프레젠테이션을 위해 여러 여성의 삶을 가지고 오면서 차라리 밋밋할 만큼 평범한 여성의 삶을 넣을지언정 유난히 박복하거나 이른바 '불행 포르노'의 주인공이 될 만한 여성의 삶은 배제하기 위해 주의했다.

그럼에도 불구하고,
누가 무엇을 택했는지는
곧 알게 되실 것이다.

내가 살아 있을 수 있도록 늘 살려주신
독자 여러분께 진심으로 감사드리며.

2020년 여름, 김현진

정아에 대해 말하자면

초판 1쇄 인쇄 2020년 6월 10일
초판 1쇄 발행 2020년 6월 17일

지은이 김현진
펴낸이 김선식

경영총괄 김은영
책임편집 임경섭 **디자인** 박수연 **크로스교정** 이호빈 **책임마케터** 기명리
콘텐츠개발6팀장 이호빈 **콘텐츠개발6팀** 임경섭, 박수연, 정다움
마케팅본부장 이주화
채널마케팅팀 최혜령, 권장규, 이고은, 박태준, 박지수, 기명리
미디어홍보팀 정명찬, 최두영, 허지호, 김은지, 박재연, 배시영
저작권팀 한승빈, 이시은
경영관리본부 허대우, 하미선, 박상민, 김형준, 윤이경, 권송이, 김재경, 최완규, 이우철

펴낸곳 다산북스 **출판등록** 2005년 12월 23일 제313-2005-00277호
주소 경기도 파주시 회동길 357, 3층
전화 02-704-1724
팩스 02-703-2219 **이메일** dasanbooks@dasanbooks.com
홈페이지 www.dasanbooks.com **블로그** blog.naver.com/dasan_books
종이 · 출력 · 제본 ㈜갑우문화사

ISBN 979-11-306-3014-4 (03810)

다산북스(DASANBOOKS)는 독자 여러분의 책에 관한 아이디어와 원고 투고를 기쁜 마음으로 기다리고 있습니다.
책 출간을 원하는 아이디어가 있으신 분은 다산북스 홈페이지 '투고원고'란으로 간단한 개요와 취지, 연락처 등을 보내주
세요. 머뭇거리지 말고 문을 두드리세요.